LE TOUR DU MONDE

EN DEUX CENT QUARANTE JOURS

2e SÉRIE GRAND IN-8°.

Les Indiens sont encore assez nombreux dans ces parages, (page 86).

LE TOUR DU MONDE

EN DEUX CENT QUARANTE JOURS

LE CANADA

ET

LES ÉTATS-UNIS

PAR

ERNEST MICHEL

Docteur en droit, chevalier de Saint-Sylvestre,
Membre des Sociétés de Géographie de Lyon et de Paris, etc.

SEIZE GRAVURES

LIMOGES

EUGÈNE ARDANT ET Cie

ÉDITEURS.

PRÉFACE

Il n'y a pas bien longtemps, pour s'instruire, on faisait le tour de France; aujourd'hui, c'est le tour du monde qu'il faut faire pour être de son époque. Généralement, on s'imagine qu'un tel voyage demande un courage héroïque, beaucoup de temps et surtout beaucoup d'argent; c'est une erreur. Il fallait plus de fatigue, de temps et d'argent pour faire le tour de la France, il y a 50 *ans, qu'il n'en faut aujourd'hui pour faire le tour du monde. Si nous allons vers l'Ouest, la traversée de l'Atlantique demande huit jours, celle du Continent américain sept, celle du Pacifique dix-huit; et du Japon à Marseille, on vient en* 40 *jours : donc en tout soixante-treize jours; moins de deux mois et demi pour franchir les vingt-cinq mille milles ou quarante-cinq mille kilomètres.*

Les dangers de la mer ou des populations plus ou moins barbares ne sont pas redoutables; il meurt moins de voyageurs par les accidents de mer que par ceux des chemins de fer, et les populations ne sont dangereuses que pour les imprudents qui les maltraitent.

Quant à la santé, le voyage est un excellent moyen de la fortifier.

Les navires qui sillonnent les grands Océans sont des châteaux flottants; on y jouit de tout le confortable et de toutes les distractions : bals, concerts, jeux de société; l'ennui y est inconnu. Les wagons américains sont des salons qu'on transforme en chambres pour la nuit; et aux Indes, outre le panka ou éventail mécanique, la double toiture, les persiennes et les vitres de couleurs, les fenêtres sont encore garnies, l'été, de branches odoriférantes; au moyen d'un ressort ingénieux, le mouvement des roues fait tomber sur elles une légère pluie dont l'évaporation rafraîchit et embaume. Donc, pas trop de fatigue à craindre et confortable partout.

Certes, il y a des excursions pénibles dans les montagnes du Japon, dans certaines parties de l'Hymalaya et dans l'intérieur de la Chine, mais elles ne sont pas plus difficiles que celles que nous offrent nos Alpes et nos Pyrénées.

Le Français, en général, réduit encore le monde au bassin de la Méditerranée ou à l'ancien continent; il ignore les ressources inexploitées qui, sur les divers points du globe, peuvent donner l'aisance et la richesse à de nombreuses familles. Les enfants, de leur côté, savent que le père et la mère ne sont que des usufruitiers, et qu'ils peuvent compter sur leur part de bien. Lorsqu'ils commencent à raisonner, ils font leurs calculs : J'aurai tant de milliers de francs de papa, tant d'autres milliers de maman; ce n'est pas assez : il me faut un emploi qui produise tant : et ils entrent dans une administration.

Puisse ce livre montrer la facilité et l'utilité des voyages! S'ils sont faits dans un esprit sérieux, l'observation et la comparaison feront tomber les préjugés. Les hautes classes chez nous voient, dans le commerce et dans l'industrie, quelque chose d'inférieur, et presque de déshonorant. Lorsqu'elles ont des biens, elles se contentent de voir leurs fils, presque toujours privés de fortes études, gérer ces biens; plus tard, ceux-ci les feront gérer par des tiers et iront en dépenser les rentes à Paris, où ils feront naufrage.

Une grande partie de la bourgeoisie pousse ses enfants dans les carrières administratives, après les études qu'exige un baccalauréat. Après trois ans de stage, un jeune homme, à 23 ans, gagnera 100 à 150 francs par mois; il en gagnera le double à 40 ans. Esclave du travail, il le sera des opinions d'un maître qui change à tout instant; il devra briguer sans cesse la faveur de tel député ou de tel ministre, et tout cela pour avoir, à la fin de ses jours, une pension de retraite de deux à trois mille francs. Comment s'étonner alors qu'on ne trouve presque plus d'hommes de caractères? Si ce jeune homme, ou son père pour lui, avait connu le globe, il aurait fait comme les Anglais, comme les Allemands et les Hollandais, il aurait trouvé, dans l'industrie et dans le commerce, une occupation honorable qui lui eût donné non l'aisance mais la richesse, non l'esclavage mais la liberté. Aux Etats-Unis, les emplois administratifs sont le lot des courtes intelligences qui n'ont su ou pu se créer une carrière indépendante.

Aussi, si de l'autre côté de l'Océan, on connaît d'autres plaies, on ignore celle du fonction narisme.

Il est temps pour nous de voir notre infériorité et d'y porter remède. Lorsqu'on parcourt la surface du globe et qu'on voit partout l'Anglais, l'Américain et l'Allemand prendre pied à notre exclusion; lorsqu'on voit que même là, où nous étions parvenus à nous établir, nous sommes tous les jours supplantés par nos rivaux, que même, dans plusieurs de nos colonies, les affaires et le commerce sont en d'autres mains que les nôtres; lorsqu'on voit ce que pensent de nous les autres peuples, le chauvinisme baisse pour faire place à de tristes réflexions; les illusions disparaissent et on s'applique à l'étude des causes qui ont produit notre infériorité pour les paralyser et les détruire; en un mot, on sonde nos plaies sociales pour les guérir.

Ce livre n'est que l'ensemble des notes de voyage prises sur place, au jour le jour, et adressées à ma famille; si l'arrangement méthodique fait défaut, l'impression du moment y est tout entière, et fait mieux ressortir la vérité des choses.

Le Polynésian est un navire de 4,350 tonnes (page 13)

LE TOUR DU MONDE

CHAPITRE Ier

Paris. — Londres. — Liverpool. — Le *Polynésian*. — Traversée de l'Atlantique.

Liverpool, 2 juin 1881.

Voici encore deux lignes datées de l'Europe, puis je prends le bateau, et ma prochaine lettre sera de l'Atlantique, et ensuite du Nouveau-Monde.

J'ai quitté le beau ciel de Nice, le 25 mai. Les quatre jours que j'ai passés à Paris ont été employés à visiter plusieurs amis et à obtenir de nombreuses lettres. Paris est bien la grande Babylone, la capitale du monde : j'y ai trouvé des gens qui venaient des quatre coins du globe; tous m'ont rassuré sur la sécurité de mon voyage; ils le taxent seulement de rapide; tous m'ont fourni des renseignements qui me seront extrêmement précieux. Nulle part je ne manquerai d'amis, sans parler des connaissances de rencontre. Pour la première, elle est topique. J'ai dans mon hôtel une jeune Suissesse qui va comme moi prendre passage sur le *Polynésian;* elle s'en va, toute seulette, au fond du Canada, dans le Manitoba, rejoindre son fiancé.

Mardi soir, à 8 heures, je quittai Paris; je dormis en wagon, en mer et en wagon, et à six heures du matin je m'éveillais à Londres, la ville des brouillards. Le soleil brillait dans la campagne, mais en ville, il laissait voir à l'œil nu son disque rougeâtre : preuve incontestable que les brouillards de Londres et des grandes villes anglaises sont le résultat de la fumée de charbon qui s'échappe de leurs milliers de cheminées. Tu sais que la poussière de charbon est un désinfectant et un moyen de conservation : qui sait si les Anglais ne doivent pas au charbon respiré leur santé et leur multiplication? A une nuit d'intervalle j'ai bien pu saisir la différence entre Paris et Londres. Paris est gai et fashionable, Londres triste et sombre; ses maisons petites et noirâtres rendent la ville immense et incommode; ses vastes parcs multiplient par trop les distances; c'est la ville du commerce et des affaires : Paris est la ville du plaisir;

les Anglais sont les premiers à venir l'y chercher.

Je n'ai passé que quelques heures à Londres : j'en ai eu assez pour revoir quelques-uns de mes anciens amis. L'un d'eux, prenant mon rôle d'avocat au sérieux, m'a parlé de revendiquer pour lui une somme de 45,000 livres sterling (un peu plus d'un million) qui lui est due par les Etats-Unis ; c'est la suite de la question de l'Alabama.

A 10 heures du matin, je reprenais le train pour Liverpool. Le soleil brillait encore à la campagne, et produisait une chaleur intolérable. A Leeds et autres grandes villes. même phénomène qu'à Londres ; il s'enveloppait dans la fumée de charbon. Après six heures de roulement comme nous n'en connaissons pas en France, je descendais à Liverpool et me rendais au bureau de l'Allan-Line ; on m'assignait la cabine n° 9 pour ma prison cellulaire durant 9 jours.

Le *Polynésian* est un navire de 4,350 tonnes ; il doit porter de nombreux passagers. J'ai retrouvé ici la détestable cuisine anglaise ; mon estomac n'est pas content, mais ne trouvant mieux, il s'en accommode. J'ai passé ma soirée à parcourir les docks interminables, et la nuit j'ai brisé mes os sur la rude paillasse anglaise. Et dire qu'ils mettent sur ces paillasses un prétendu matelas de plume ! Les Anglais pourraient tous se faire chartreux ou trappistes, ils ne trouveraient rien de nouveau dans la couche.

Hier, toute la société était occupée de son fameux Derby. C'est une course de chevaux qui a lieu à Londres, et dont l'institution remonte à plus d'un siècle ;

le Parlement même prend vacances pour y assister : un député a réclamé et demandé de continuer les séances; les votants ont rejeté la proposition, et les députés, comme les autres, sont venus sur le terrain donner le triste spectacle de paris scandaleux. La manie du pari est telle que, dans mon wagon, un Anglais me propose de parier 1,000 livres sterlings, contre 500, sur un tel cheval américain contre tel cheval anglais; il regarde sa montre :

« La course va commencer à Londres, me dit-il, le télégraphe nous en dira le résultat à Leeds, hâtons-nous de parier. »

Je lui ai répondu par un éclat de rire; il s'est fâché et a voulu me chercher, à propos de Tunis, une querelle d'Allemand; heureusement que sa femme était là; les ladies sont plus pacifiques; elle a arrêté l'ardeur belliqueuse de son mari.

Le Cricket va de pair avec les *races;* les délégués des collèges d'Eton et de Harrow étaient en train de donner spectacle à la population de Londres; elle se pressait sur la prairie pour savoir qui aurait le plus de points; mais souvent un jour et deux se passent avant que la partie soit finie. Certes, c'est bien là un engouement qui paraît inexplicable; mais il est excellent en bons résultats : les familles en profitent pour passer en plein air des journées de printemps; pendant que les uns comptent les points, les autres font sur la prairie leur pic-nick; ces sortes d'exercices de corps et d'amusements en plein air sont bien préférables à nos parties de cartes et de billards dans les salles enfumées des cercles et des estaminets.

Liverpool, qui, au siècle dernier, comptait 7,000 habitants, à la suite de l'introduction du coton, en a maintenant environ 600,000, sur lesquels 100,000 sont catholiques.

J'ai passé deux heures au musée : c'est un des plus complets de province.

A bord, les émigrants se comptent par centaines (page 16)

A bord du Polynésian.
3 juin 1881 en face de Moville (Irlande).

Le navire stoppe ici deux heures pour donner et prendre les lettres avant de se lancer dans l'Océan; j'en profite pour t'envoyer quelques mots.

Au milieu des choses et des gens qui nous environnent, la pensée s'enfuit souvent pour courir auprès des siens. Que ne vous ai-je ici pour nous communiquer réciproquement nos émotions! nous ferions de bonnes parties de rire; au moins, que ce papier vous dise quelque chose de ce que je ressens.

Ma dernière et première lettre me laissait hier à Liverpool, au moment de l'embarquement. J'ai rencontré à bord une soixantaine de passagers de première classe; chacun de nous en a trouvé à table la liste imprimée sur sa serviette. Les passagers de deuxième classe sont moins nombreux; mais les émigrants se comptent par centaines; le navire peut en porter neuf cents.

Je parcours le pont : çà et là ces familles entières, avec leurs nombreux petits enfants, demeurent accroupies les unes sur les autres; les divers costumes indiquent les diverses nationalités : Anglais, Ecossais, Allemands, Norvégiens. Ici bon nombre d'Irlandais arrivent de tous les points de leur île et augmentent fort le contingent.

Je ne sais pas pourquoi, hier, on nous a forcés de monter sur le navire à 4 heures; nous ne sommes partis qu'à 10 heures : est-ce la marée qui le voulait ainsi? Dans notre Méditerranée, nous ne connaissons aucun de ces ménagements. A 6 heures, on sonne le dîner; les jolis petits canaris, dans leurs cages suspendues au milieu de plantes, égaient la compagnie. La carte est barbouillée en anglais : je ne trouve meilleur moyen de me tirer d'affaire que de demander ce que demande mon voisin; mais parfois il y a méprise. Point de liquide sur la table; les uns demandent un verre d'eau, d'autres une pinte de bière; pour moi, j'ai toujours recours au *claret* (entre parenthèses, il n'est pas bon et fort cher).

Tu connais la cuisine et le service anglais. On vous demande si vous voulez du mouton ou du bœuf, ou du veau, ou du porc; puis on vous passe trois ou quatre qualités de légumes cuits à l'eau et sans sel, et chacun choisit, chacun dévore en silence; enfin viennent les plats doux sans sucre, et, chose exceptionnelle, on nous a servi ici des fruits au dessert.

La vie à bord d'un navire, lorsqu'elle se prolonge, devient par moment monotone; mais nous ne sommes pas encore ici en pleine mer; nous avons pu suivre la vue des côtes de l'Irlande d'un côté, et de l'Ecosse de l'autre; malgré la saison, elles étaient environnées de brouillards; on s'amuse avec les goëlands qui viennent chercher les quelques morceaux de pain qu'on leur jette; ils restent parfois plusieurs kilomètres en arrière; mais, en quelques minutes, ils ont rejoint le navire; jamais chemin de fer n'atteindra le dixième de leur vélocité; seul le ballon pourra leur faire concurrence.

Une seule famille française se trouve à bord; les charmants petits garçons jouent avec la maman et font contraste avec la gravité britannique; ils ont bondi de joie et d'étonnement lorsqu'ils m'ont entendu parler français; ils ne connaissent pas un mot d'anglais et ne savaient comment se faire comprendre.

Mais déjà le steamer, qui apporte la poste, est en vue; il reportera à terre ma lettre et je me hâte de la cacheter. Je voudrais t'en envoyer bientôt une autre, mais le capitaine me répond que la prochaine station sera Québec.

Bien souvent mon regard cherchera la terre, et ma pensée volera vers Nice, plus rapide que le vol du goëland.

Que ceux qui se souviennent encore de moi reçoivent les amitiés du voyageur.

A bord du Polynésian.

11 juin 1881.

Ma dernière lettre était datée de la baie de Londonderry en face de Moville; c'est le dernier point par lequel nous touchons à l'Europe. A peine avons-nous tourné le dernier cap d'Irlande, que l'Océan nous apparaît dans son immensité et dans sa majesté. Des vagues gigantesques soulèvent le navire et le balancent comme une coque de noix. Les passagers se réfugient dans les cabines, et le *Polynésian* si plein d'animation se trouve tout à coup transformé en un grand hôpital.

Le 4 juin, la mer devient plus houleuse, et la pluie tombe à torrents. On ne voit à table que de rares convives; les domestiques sont fort occupés à soigner les malades. Le 5, le soleil se montre; mais la mer est toujours agitée, *very rough*, comme disent les Anglais. Je sors de ma couchette et m'aventure sur le pont; il est désert : de grandes vagues montent sur le navire et balaient l'avant. Je me promène dans l'intérieur; à l'arrière, on entend encore les cris plaintifs dans les cabines; à la proue, je trouve cinq cents émigrants parqués, entassés, femmes, enfants, hommes, de toutes langues. Leurs souffrances sont grandes, leur situation pénible; ici une mère allaite son enfant et se trouve elle-même en proie aux convulsions du mal de mer; plus loin cinq ou six marmots serrent leur père et les jupes de leur mère pour demander secours.

Le 6, la journée est la même; la nuit, le balancement augmente d'une manière effrayante; mais le 7, le temps redevient plus calme; les passagers sortent de leur cabine; les émigrants montent sur le pont, et semblent bien vite oublier leurs souffrances passées; ils cherchent à se distraire : l'un deux s'est transformé en ours qu'un compagnon conduit en laisse; il le fait marcher et danser au son d'un accordéon, et les autres de suivre et de rire; les enfants courent de tous côtés avec l'insouciance propre à leur âge.

Les passagers de première organisent des jeux et des concerts; on se croyait à jamais guéri, mais la joie est courte; la mer redevient furieuse, et le 8 et le 9, les souffrances sont à l'ordre du jour. Le 10, on aperçoit la terre, c'est le cap Race, pointe sud-est de l'île de Terre-Neuve. Le navire, en effet, n'a pas suivi la ligne droite pour arriver au Saint-Laurent; les banquises de glace se promènent dans cette saison vers le haut de Terre-Neuve et rendent la navigation dangereuse; la compagnie préfère donc allumer ses feux.

36 heures de plus et déposer sûrement ses voyageurs à destination.

Dans les prospectus qui circulent dans le salon, on explique longuement tous les avantages de la ligne du Canada sur les autres lignes pour atteindre l'Amérique; temps abrégé pour la pleine mer, perfectionnement de la machine indiqué avec forces termes scientifiques, etc.; mais on ajoute « pour ceux qui ne sont pas pratiques dans les choses de la navigation, nous donnerons une seule bonne raison qui les convaincra : nos navires ne sont pas assurés. »

A peine sommes-nous entrés dans le golfe de Saint-Laurent que les eaux deviennent calmes comme celles d'un lac; nous côtoyons les îles Miquelons dont les crêtes sont blanchies par la neige fraîchement tombée; le navire télégraphie avec les phares au moyen de petits pavillons, puis nous perdons la terre de vue; vingt-quatre heures après, nous la retrouvons au cap des Rosiers déjà province du Canada.

Tous les habitants du navire sont revenus à la vie; on cause, on se connaît, on fait des études de mœurs. Ici, c'est une jeune Ecossaise qui s'en va à Winipeg retrouver son fiancé; là une famille de Douai, père, mère, et deux enfants s'en vont à Montréal diriger pour le compte d'une Raffinerie une plantation de betteraves. Les droits de douane sont de 50 centimes par kilogramme de sucre, à l'entrée; la compagnie pourra, en économisant ce droit par la plantation et la raffinerie sur place, gagner des millions; le gouvernement du Canada comme celui des Etats-Unis favorise cette importation de l'industrie; car il veut aussi avoir son industrie nationale.

Le reste des passagers de première sont Anglais, Irlandais ou Américains. Trois ou quatre plus ou moins jeunes filles s'en vont au Canada ou aux Etats-Unis, l'une pour s'y marier le lendemain de son arrivée, l'autre pour faire une visite à des amis; les autres rentrent dans leur famille sans autre accompagnement qu'une recommandation au capitaine du navire.

Plusieurs jeunes ménages s'en vont chercher fortune, les uns dans l'exploitation des terres, les autres dans les emplois des grandes villes.

Après les amusements organisés sur le pont, le soir, on passe au concert; décidément les Anglais et les Américains ont bonne volonté; tout le monde chante ou joue, mais parfois il faut tendre les oreilles pour écouter; d'autres fois, il faut les fermer.

Hier soir, ils ont eu, sous l'inspiration du capitaine, la bonne pensée d'organiser un concert au profit d'une Institution de Liverpool qui prend soin des orphelins des matelots. Le programme lithographié a été distribué, et je t'envoie ma copie; les gentlemen étaient en cravate blanche, et les ladies avaient leur plus belle toilette.

Les émigrants, eux aussi, prennent le plus de distractions qu'ils peuvent; ils dansent au son de l'accordéon, ou se défient par bandes à tirer la corde; un nombre égal est mis de chaque côté d'un long câble, le parti qui gagne doit entraîner l'autre. Je me suis mêlé à eux et j'en ai interrogé plusieurs; ceux qui parlent l'anglais m'ont compris; ils sont de toutes les provinces du Royaume-Uni et dans la force de l'âge; ils viennent dans le Nouveau-Monde chercher un sort meilleur; un grand nombre ont leur femme et plusieurs enfants de tout âge. J'ai trouvé aussi beaucoup d'Allemands, de Suédois et de Norvégiens; deux jeunes Danoises étaient d'une remarquable beauté; elles comptent se fixer avec leurs parents dans le nouveau Brunswick.

Voici deux jours que nous naviguons dans le golfe de Saint-Laurent; demain nous serons dans le fleuve; et, après-demain, je foulerai cette terre du Canada qui fut une des belles colonies françaises; en attendant, la cloche appelle et je cours à table m'empoisonner, une fois de plus, à ces soupes au poivre, aux viandes crues, aux légumes sans sel et aux puddings sans sucre.

Dimanche 12 juin, en remontant le Saint-Laurent.

Le navire a sifflé toute la nuit, marchant à mi-vapeur; le brouillard épais obligeait à cette précaution, car l'embouchure du fleuve est sillonnée par de nombreux navires.

Le coucher du soleil avait présenté un spectacle ravissant; il laissait apparaître, voilé par les brouillards, son immense globe en feu. La pleine lune s'est levée, un instant après, montrant son pâle disque.

Le coucher et le lever du soleil, le brillant de la lune se reflétant sur les eaux, fournissent toujours un des plus beaux coups d'œil dans l'Océan.

Cette nuit, le navire a envoyé au port voisin de Ramousky partie de ses dépêches et en a reçu d'autres; nous avons eu par là occasion d'apprendre une triste nouvelle : une partie de la ville de Québec brûle depuis jeudi; plus de mille maisons sont en flammes, et cinq mille personnes sans abri; quel triste spectacle quand nous aurons posé la première fois le pied sur le sol américain!...

Ce matin, les passagers sont lents à sortir de la cabine; ils ont dansé jusqu'à minuit; le brouillard continue, mais il est moins épais et laisse voir de nombreux *White-Porpoise* sortant de l'eau à la manière des dauphins dans la Méditerranée; ces poissons, blancs comme la neige, font de l'embouchure du Saint-Laurent, leur séjour principal. Il y a quelques jours, une baleine, non loin de nous, lançait en l'air une vaste nappe d'eau.

Mais déjà l'hélice a tourné 550 mille tours depuis Liverpool et fait franchir au navire 2,850 milles; sur le pont, le canon tonne 2 fois : voici Québec; terre d'Amérique, je te salue! Il est 6 heures du soir lorsque nous descendons à la douane, et j'ai hâte de mettre cette lettre à la boîte pour qu'elle t'arrive par le premier courrier de New-York.

La plupart des maisons de Québec sont bâties en bois (page 28)

CHAPITRE II

Québec. — Montréal. — Saratoga. — l'Hudson.

Québec, 14 juin 1881.

A peine arrivé ici, après le bain et le dîner, j'ai suivi plusieurs Anglais et Canadiens et me suis rendu au quartier incendié.

Sur une étendue de plus de cinq cents mètres, en long et en large, on ne voit que maisons brûlées et détruites; ceux des murs qui étaient en briques ou en pierres ont résisté; les cheminées toutes construites en briques sont aussi debout et ressemblent à de grandes quilles pour un jeu de géants. L'école des Frères brûlait encore dans les caves. L'église Saint-Jean, qui avait coûté plus d'un million et qui était la plus belle et la plus vaste de Québec, a été anéantie en deux heures.

Le feu a commencé à 11 heures du soir; une méchante femme, pour se venger d'un cocher son voisin, avait incendié son écurie; les six chevaux ont été rôtis avec une vache; le feu s'est communiqué si rapidement qu'à sept heures du matin tout le quartier était consumé; trois personnes seulement ont péri; un mari, qui voulait sauver sa femme, a brûlé avec elle; et, un ouvrier, qui faisait le sauvetage de son mobilier, a été écrasé par un pan de mur.

Je t'envoie le plan de la ville sur lequel un Canadien, — le directeur du journal le *Courrier du Canada,* — a marqué au crayon les huit rues incendiées. Cinq mille personnes se sont trouvées, d'un coup, sans logement; mais la charité est grande ici; les boulangers ont donné gratuitement tout le pain nécessaire, chacun s'est cotisé, et tout le monde s'est empressé d'abriter les victimes, en sorte qu'aucune souffrance n'est sans secours. On fait partout des souscriptions pour indemniser ceux dont les maisons n'étaient pas assurées. A dix heures du soir, j'errais encore sur les ruines fumantes, et il me semblait voir les ruines de l'ancienne Rome, de cette Rome que Néron brûla pour se donner le plaisir de chanter devant l'incendie, au son de la harpe, les vers d'Homère décrivant les horreurs de la ville de Troie en feu.

Hier, un de mes bons amis, l'avocat Livernois, m'a

conduit par toute la ville visiter ce qu'elle renferme de curieux. Les souvenirs historiques abondent, car elle a soutenu cinq sièges mémorables. Tu verras par la photographie ci-jointe que la position ressemble beaucoup à notre château de Nice.

Le président du Cercle Catholique m'a reçu chez lui à déjeuner, à la campagne; on l'avait rappelé de la ville au moyen du téléphone. Ici tout le monde se parle ainsi fort distinctement, à la distance de plusieurs kilomètres (1). Le brave et digne homme dirige un hôpital d'aliénés où il y a 450 fous et autant de folles. L'établissement ressemble à un magnifique château, orné d'un parterre délicieux; des vases de fleurs suspendus de tous côtés laissent pendre leurs lianes entrecroisées; des collections d'oiseaux empaillés augmentent le charme; tout est fait pour égayer ces pauvres êtres malades de la plus triste des maladies. Nous parcourons les deux établissements : tout y est fort bien distribué, les dortoirs les plus grands ne contiennent que quinze lits.

Madame Vincelette se dévoue d'une manière admirable au soin de ses 450 folles. Monsieur le chevalier Vincelette, son mari, en fait autant pour les hommes. J'ai vu, à cet hospice de Beauport, un pauvre docteur dans la force de l'âge, endormi depuis plusieurs mois par l'excès de l'opium. Il y a deux ans, il avait dormi un sommeil de 18 mois et en se réveillant, il croyait avoir dormi une nuit.

Après le dîner, nous avons fait une promenade sur

(1) Le téléphone est aussi aujourd'hui, en France, d'un usage général.

l'esplanade ou terrasse de la citadelle. De ce point, le coup d'œil est féerique; on voit le Saint-Laurent couler au pied de la colline avec majesté; en face est la jolie ville de Point-Lévi perchée elle aussi sur la colline et entourée de forêts; malheureusement, une fumée intense voile toutes ces beautés; c'est la fumée de l'incendie de la ville, et des forêts environnantes qui viennent aussi de brûler.

C'est la cinquième fois que de vastes incendies détruisent une partie de Québec; les maisons sont bâties en bois et celles qui le sont en pierres ont la toiture de bois; dans les rues, les trottoirs sont en bois, et on fait généralement de grands feux dans ces climats froids; l'eau, dérivée d'un lac voisin, est conduite en trop petite quantité : une sécheresse qui dure depuis trois mois et un grand vent du nord ont facilité l'action du feu. Le *Dominium*,— c'est ainsi que les Anglais appellent le Canada, — comprend un grand nombre d'établissements de charité; cette vaste province, plus grande que l'Europe, compte maintenant quatre millions d'habitants. Elle a été peuplée d'abord par les Français qui l'ont possédée longtemps.

Les cinquante mille colons français, qui sont restés après la conquête, en 1759, se sont multipliés et sont maintenant douze cent mille au Canada et quatre cent mille aux Etats-Unis; ils luttent avec succès, dans le bas Canada, contre l'envahissement de l'élément anglais.

Depuis 1866, à la suite d'une insurrection, ils ont obtenu une constitution libérale; le pays se gouverne par ses représentants.

Hier soir, j'ai assisté à une séance de leur Chambre des députés; les débats étaient intéressants et bien conduits. Il s'agissait d'une grave question : autoriser l'Université de Québec, — appelée de son fondateur Université Laval, — à établir une succursale à Montréal. Cette dernière ville, qui a un plus grand commerce et plus de population que Québec, voudrait avoir une Université indépendante. A minuit, après plusieurs discours, on a procédé à la votation. Le parti de l'Université unique l'a emporté avec 11 voix de majorité sur 60 votants.

Aujourd'hui, j'ai visité cette vaste Université. Elle a un petit séminaire avec plusieurs centaines d'élèves; un grand séminaire avec sa faculté de théologie et les facultés de droit, de médecine, de lettres et de sciences. Les collections d'histoire naturelle sont bien complètes, le cabinet de physique est riche; il y a même une collection de tableaux. L'Université possède de grandes terres qui lui viennent par concession des rois de France.

Je comptais partir aujourd'hui à cinq heures, par le bateau à vapeur, pour Montréal; mais des amis m'ont retenu. Au Canada, les Français sont regardés et traités comme des frères par les descendants des anciens colons français.

Ici le câble sous-marin nous dit tous les jours ce qui se passe en France.

P. S. Après une horrible chaleur, il se lève à l'instant un terrible ouragan, et si le feu reprenait, la ville serait bientôt détruite.

Saratoga, 19 juin 1881.

Il y a à peine une semaine que j'ai mis le pied sur la terre américaine et j'ai déjà fait bien du chemin. Ma dernière lettre était datée de Québec, 14 courant. Le soir du même jour, quelques amis me conduisirent chez eux où nous causâmes jusqu'à minuit.

Le mercredi 15, ils s'étaient rendus à la gare pour me saluer au départ. Je pris congé d'eux et le train s'envola comme l'éclair à travers bois et prairies. Il me semblait encore être en Suède et en Norwège; le paysage est le même, les villages bâtis en bois, les forêts, les rivières rappellent bien nos pays du nord de l'Europe.

Je trouvai dans le train monsieur L***. Il est déjà depuis un an dans le pays, et nous avons passé notre temps en causeries.

Nous rencontrons sur la route bon nombre de forêts en feu; c'est le moyen dont on se sert pour préparer le terrain à être défriché; pour se débarrasser des racines, on fait un trou au tronc et on verse du pétrole, qui se communique aux racines par la moëlle, et brûle si bien que la charrue peut enlever ce qui reste. Le terrain est divisé en bandes de trente-trois mètres; le prix des terres varie de 400 à 1,000 francs l'hectare; mais, dans les pays nouveaux, il se vend trente francs comme à Manitoba.

Dans le Colorado, un industriel vient d'acheter quatre millions d'acres, c'est-à-dire un million et trois cents mille hectares; c'est la propriété la plus vaste qu'un particulier ait jamais acquise. Il se propose d'établir dans sa propriété un grand courant d'immigration; pour cela, les Américains font une immense propagande; tous les moyens de publicité sont employés, et ils ont même recours à la poésie. Je trouve une belle strophe que je transcris ici; elle est de Charles Mackay :

« To the west! To the west! to the land of the free;
Where mighty Missouri rolls down to the sea;
Where a man is a man if he's willing to toil;
And humblest may gather the fruits of the soil:
Wend children are blessing and he who has most;
Hath aid for his fortune and riche to boast;
Where the young men exult, the aged may rest.
Away! far away! to the land of the west!

A l'ouest, à l'ouest, à la terre de liberté!
Où le puissant Missouri roule vers la mer;
Où un homme est un homme s'il veut bien le vouloir;
Et le plus humble peut recueillir les fruits du sol;
Où les enfants sont une bénédiction, et celui qui en a le plus,
A aide pour sa fortune, et des richesses à s'en vanter;
Où le jeune homme exulte et le vieillard peut se reposer;
En avant, bien avant à la terre de l'ouest!...

Au Canada, le clergé reçoit encore la dîme qui est son moyen d'existence; chaque famille lui donne le vingt-sixième boisseau de tous les grains; mais lorsque le vingt-sixième enfant arrive, — ce qui n'est pas rare, — c'est le curé qui le prend à sa charge pour l'élever et l'instruire.

On raconte qu'un touriste anglais traversant la campagne, fut étonné de voir de nombreux enfants dans une ferme; il demande à la fermière combien elle en avait : « Vingt-cinq », dit celle-ci; le touriste émerveillé ajouta : « Je vais en parler dans mon journal. » — Attendez encore deux mois, riposta la fermière et vous pourrez parler de vingt-six. »

Les bonnes terres se louent assez bien et produisent un intérêt de 6 à 7 0/0 ; elles ne paient aucun impôt. Beaucoup de propriétaires les donnent en métairies; et, comme nous, ils partagent les récoltes avec le paysan. J'ai vu partout de beau bétail.

Mais, tout en causant, le train arrive à Montréal et l'omnibus me dépose au Windsor-Hôtel.

C'est un hôtel américain qui loge 500 voyageurs. Il a cinq étages et mansardes sur rez-de-chaussée et plus de deux cents pieds de long sur chaque aile. Le vestibule peut contenir 800 personnes; il est couvert par une vaste coupole; là sont les bureaux, la poste, le télégraphe, les guichets de chemin fer, etc., etc. Le salon et une galerie-promenoir occupent la moitié du premier étage. Cinq cents personnes dînent aisément dans la salle à manger richement décorée. Toutes les chambres, en façade sur la rue, ont leur cabinet de toilette et leur chambre de bain ; viennent ensuite les salons pour dames, salons de lecture, salons à fumer, salles de jeux, salle de billards contenant dix billards américains aussi grands que quatre des nôtres; puis, les perruquiers, tailleurs, pharmaciens, etc., etc. Et pourtant, l'hôtel Windsor est encore un petit hôtel à côté de Congres's-Hall que j'habite en ce moment à Saratoga. Congres's-Hall loge 1,500 personnes et United-States-Hotel, qui est en face, loge 2,000 voyageurs dans de belles et vastes chambres.

A Montréal, j'ai cherché mes amis, mais je n'ai pu les rencontrer. Je passai donc mon temps à faire une promenade à Lachine, à deux lieues de la ville,

Montréal est la ville la plus importante du Canada (page 34)

pour descendre en bateau à vapeur les rapides du Saint-Laurent.

Cette descente, au milieu de tourbillons, à travers des rochers dangereux, procure une certaine émotion, mais pas trop grande pour ceux qui ont vu leur navire danser sur les vagues de l'Océan. Un peu au-dessous de Lachine, on me montre un village d'anciens Iroquois, qui passent leur temps à faire de petits travaux, vendus dans les hôtels ou dans les gares; ce village porte encore ce nom iroquois et s'appelle Caknawagua. Le navire continue à descendre la rivière et passe sous le pont Victoria, que les Canadiens appellent la huitième merveille du monde. Ce pont a 9,194 pieds de long; il repose sur vingt-trois pilliers de pierre; un tube de vingt-deux pieds de haut sur seize pieds de large forme comme un tunnel de trois kilomètres, où passent les trains du chemin de fer. Il a coûté plus de trente millions de francs.

Montréal est la ville la plus importante du Canada; elle compte cent soixante mille habitants; les grands navires arrivent jusqu'à elle; le *Polynésian*, qui nous a porté depuis Liverpool, est dans son port. Les madriers du Canada que nous achetons à Nice sont embarqués ici; mais à Nice, nous les payons un franc cinquante le mètre courant, pendant qu'ici on les achète pour cinquante centimes le mètre.

De beaux monuments ornent la ville. Notre-Dame a deux belles tours. Notre-Dame de Lourdes est une vaste église à peine terminée; la cathédrale est encore en construction; c'est la copie réduite de Saint-Pierre de Rome. Les jésuites ont une belle église et un vaste collège. Les sœurs grises tiennent l'hôpital civil et ont encore un autre hôpital, un des plus beaux qu'on puisse voir. Deux de mes amis m'ont conduit visiter l'hospice des aliénés récemment construit et confié aux sœurs de la Providence; il renferme 800 malades. Je n'ai pas senti là cette odeur qui est la caractéristique des maisons de fous. Les bonnes sœurs nous ont offert à souper. Monsieur Trudel, sénateur, qui nous accompagnait, est leur avocat, et monsieur de Montigny, magistrat, a trouvé là quelques-uns de ses clients de la police correctionnelle.

Une excursion au Mont-Réal qui domine la ville, m'avait donné une idée exacte du plan de la cité. A droite est la ville anglaise, avec ses petites maisons, distribuées pour un seul ménage ; à gauche est la ville canadienne, habitée par les Canadiens français. Ces deux villes vivent à côté l'une de l'autre presque sans se connaître; les deux éléments sont infusibles; le Canadien, comme le Français, est gai et insouciant; l'Anglais est sérieux, roide, tout aux affaires.

Il est curieux de voir les deux éléments mêlés dans les fonctions administratives ou judiciaires. J'ai assisté à un plaidoyer à la Cour supérieure; sur les cinq juges, il était facile de distinguer à leur type les deux Canadiens des trois Anglais.

On m'a remis bon nombre de livres, d'opuscules sur le Canada, et si je trouve un peu de loisir, je me propose d'étudier à l'aise ce pays.

A minuit, je quittais mes amis, et, après un court repos, je prenais le lendemain matin le chemin de fer pour les Etats-Unis.

Les trois cents kilomètres, qui séparent Montréal de Saratoga, forment par le chemin de fer un des parcours les plus pittoresques; le paysage est tantôt plat, tantôt montagneux, et le train contourne pendant des heures les bords ravissants du lac Champlain.

Vers une heure, on s'arrête à une station pour dîner; la salle à manger est dans un vaste navire; je paie avec les vilains morceaux de papier-monnaie que tu as si bien connus en Italie; on me rend des dollars en argent; d'un côté une femme assise porte écrit sur son écu, *liberty*, la liberté; de l'autre côté est écrit : « *In God trust the nation,* » la nation se confie en Dieu.

Enfin me voici à Saratoga. Les eaux sont presque toutes ferrugineuses comme celles d'Orezza; une seule, à trois quart d'heure de distance, est un peu sulfureuse comme celle de Courmayeur, au pied du Mont-Blanc; je ne sais si je pourrai en profiter. En tout cas, je prendrai pension et me reposerai quelques jours; puis j'irai à New-York où je compte trouver vos lettres d'Europe.

21 juin 1881.

Décidément ces eaux ferrugineuses ne sont pas faites pour moi; elles peuvent fortifier le sang des jeunes filles et guérir quelque maladie de foie, mais pour mon gosier, elles l'irritent. Je compte donc partir demain pour New-York, en descendant la rivière Hudson sur un des grands navires-palais en usage dans ce pays; mais auparavant, j'ai voulu vous adresser encore deux mots et vous entretenir un peu de Saratoga.

Nous sommes ici dans un pays plat, mais bien ombragé; on a tracé de nombreuses et vastes avenues plantées d'arbres et bordées de gentils chalets. Ces maisons de bois ne prennent pas toujours la forme des chalets suisses; très souvent, elles prétendent à l'imitation des monuments grecs ou romains : grandes colonnes et beaux frontispices. On construit même des hôtels en bois; l'hôtel Windsor, qui est en bois, a quatre étages, et contient des centaines de chambres; il compte parmi les mieux tenus.

Ici, les habitants de l'hôtel ne mangent pas à la même heure et à une seule table; on peut déjeuner depuis 8 heures jusqu'à 10 du matin, luncher depuis une heure jusqu'à 3, dîner depuis 6 heures jusqu'à 8, prendre le thé de 8 heures à 10, souper jusqu'à 11 heures du soir. Les Américains, comme les Anglais, ont cinq repas par jour. On s'assied à de petites tables que tu peux voir par le stéréoscope, dans la photographie que je t'envoie; on choisit, sur les innombrables mets de la carte, ce que l'on désire, et un nègre vous l'apporte, quelque fois un peu en retard lorsqu'il y a trop de monde.

Les environs du pays sont assez beaux, avec des parcs nombreux et de gentils petits lacs. Les sources sont un peu partout. On prend l'eau en boisson et peu en bain. En flânant, j'ai marchandé dans les magasins : les objets et marchandises ne sont pas plus chers qu'en Europe et souvent meilleur marché; les denrées alimentaires, excepté le vin, sont à très bon compte, en sorte qu'on pourrait vivre ici pas plus cher que chez nous. J'ai payé 20 francs par jour à l'hôtel Congres's-Hall; je paie moins à une pension (Boarding-House), et j'y ai tout ce que j'avais à l'hôtel. J'ai trouvé du vin de Californie qui imite notre Marsala.

Le propriétaire de la maison que j'habite a tapissé ses murs des versets du *pater;* à la salle à manger est suspendu celui-ci : « *Give us this day our dayly bread.* » Donnez-nous aujourd'hui notre pain quotidien : c'est une imitation des couvents.

La main-d'œuvre est plus chère qu'en Europe. J'ai vu un grand nombre d'ouvriers napolitains travaillant à un chemin de fer; je leur ai adressé la parole en bon italien, ce qui les a fort surpris; j'ai voulu savoir combien ils gagnaient; ils reçoivent un dollar un quart par jour, soit six francs cinquante.

Les locomotives des chemins de fer, ici comme en Russie, sont chauffées au bois : il est si abondant encore! Les trains traversent les villes sans autre précaution que le son d'une cloche attachée à la locomotive. Il n'y a aucune barrière dans les rues que parcourent ou traversent les trains; chacun est chargé de garder sa vie et celle de ses enfants : tant pis pour les imprudents. Il en est de même dans les champs; celui qui veut préserver son bétail pose lui-même des barrières; les compagnies de chemin de fer en font l'économie.

Les trains ont ordinairement peu de wagons, mais ce sont des wagons *palace,* quatre fois grands comme les nôtres; on s'y promène à l'aise, on respire sur les balcons, on parcourt le train d'un bout à l'autre;

chaque wagon a son poêle, son watercloset et un robinet d'eau glacée. Les Pullman cars ont leurs salons, chambres et salles à manger. En général, il n'y a que des premières classes dans les trains rapides.

Depuis que j'ai passé la frontière du Canada, je n'ai pu encore trouver quelqu'un à qui adresser un mot en français ; j'en suis réduit à mon anglais qui me fait assez ressembler à ce que sont les Américains chez nous. Je surprends quelquefois le sourire sur les lèvres de mes interlocuteurs ; parfois, ce sont des méprises comme celle-ci : Je demande un journal (*paper*), on m'apporte du poivre (*peper*). On rit et on continue son chemin. Et pourtant, il y a quatre cent mille Canadiens français aux Etats-Unis !

P. S. Bientôt ma malle ne pourra plus contenir les livres que je prends en route ; je t'adresse donc, par la poste, ce que j'avais porté en trop d'Europe, avec quelques journaux qui te donneront des nouvelles locales. Tu les garderas, car souvent ils contiennent des détails dont j'aurai besoin.

Les Américains m'ont paru pratiques dans leur méthode d'enseignement ; tu le verras par le petit album de géographie que je t'adresse. Avec le secours de gravures bien adaptées, on peut apprendre en peu de semaines les questions que nous apprenons après des années de classe.

Je t'envoie le menu d'un dîner de l'hôtel ; tu verras des plats de toutes les cuisines ; le vin est toujours fort cher : je paye deux francs, un quart de litre de mauvais soi-disant médoc. Tous les domestiques sont nègres, ce qui produit un effet assez curieux. Prochainement, je t'enverrai par la poste les livres indicateurs dont je me sers ici.

Pendant que je vous écris cette lettre, vous dormez profondément, car ici c'est cinq heures du soir, et chez vous dix heures et demie : bonne nuit! ! !

22 juin 1881.

C'est le mercredi, 22 juin, que j'ai quitté Saratoga. A sept heures du matin, le train défilait en sonnant sa cloche à travers les rues de la ville, et une heure après, nous étions sur les rives de l'Hudson à Troy. A huit heures et demie, nous arrivions à Albany, capitale de l'Etat de New-York.

Grande émotion dans cette ville pour l'élection de deux sénateurs; après trente tours de scrutin, aucun des candidats n'avait encore pu réunir la majorité.

Nous montons sur un énorme steamer à trois étages, et pendant que nous quittons la rive pour descendre le fleuve, une douce mélodie ravit nos oreilles : c'étaient des harpes, des violons et des flûtes allemandes.

Le panorama de la ville éparpillée sur la colline qui semblait nous fuir, les charmants îlots sur lesquels nous nous dirigions, les douces pentes des bords de la rivière couverts de forêts ou de prairies semées de villas ou de petites villes, le tout formait un spectacle si ravissant qu'on aurait dit un des rêves des *Mille et une Nuits*. Ce rêve était beau, il dura toute la journée. Je m'arrachai quelques instants à la contemplation pour inspecter l'immense palais qui nous portait : vastes salons, et petits salons particuliers, terrasses, escalier monumental, boutiques, grande salle à manger ; tout était adapté pour rendre le séjour agréable. Les bateaux de nuit ont des chambres meublées comme dans les meilleurs hôtels.

A mesure que nous approchions de New-York, le navire se remplissait, et à la fin, il portait sept à huit cents personnes.

Il est six heures du soir, et nous voici arrivés à la grande ville américaine (page 43)

CHAPITRE III

New-York et ses institutions.

Il est six heures du soir, et nous voici arrivés à la grande ville américaine. A voir les clochers, les murailles des maisons en briques rouges, les navires, les rivières et la baie traversées en tout sens par les *Ferry-boats,* on se dirait à Venise, mais dans une Venise où les gondoles sont des *steamers,* depuis les plus petits jusqu'à ceux qui transportent les trains entiers de chemin de fer.

Tout se fait par des Compagnies dans ce pays, jusqu'au transport des bagages. On prend mes effets et on me donne un *ticket*, qui me servira à les retrouver à l'hôtel. Etant ainsi exempt d'embarras, je pense bien faire en m'acheminant à pied vers mon hôtel à Broadway. J'eus de la peine à le trouver après deux heures de marche; les noms des rues sont marqués sur les lanternes, mais en petites lettres, et souvent la lanterne manque au coin de la rue. Au surplus, les rues de traverse sont mal éclairées; mais Broadway et les avenues ont le gaz et la lumière électrique. A Paris, on a discuté longtemps sur les avantages de l'une et de l'autre lumière; ici, on aime peu à discuter; on les a placées toutes deux; chacun en a pour son goût. La lumière électrique est sur des poteaux à hauteur double de celle des lanternes à gaz.

La ville de New-York est bâtie sur une île longue de quatorze milles, large de quatre, et compte 1,200,000 habitants; mais à droite, Brooklyn, bâtie sur la pointe de *Long-Island*, en compte trois ou quatre cent mille; à gauche, Jersey-City, et un peu plus loin, Newark, ont aussi une population qui se chiffre par centaines de mille, sans parler de Staten-Island et plusieurs autres endroits très peuplés autour de la baie; en sorte qu'il y a bien plus de deux millions d'habitants qui forment, par le fait, une seule et même ville, quoique Brooklyn ait sa municipalité, et que Jersey appartienne à l'Etat de New-Jersey.

L'île proprement dite de New-York a, à l'ouest, la rivière de l'Hudson, large d'un kilomètre. Là sont amarrés les plus grands navires qui arrivent de toutes les parties du monde; à l'est, un bras de mer est appelé la rivière de l'Est; elle est large aussi d'un kilomètre et parsemée de plusieurs îles de diverses dimensions; au sud se déploie l'île, appelée Staten-Island, laissant, entre elle et la ville proprement dite, une immense baie, trois fois grande comme celle de Toulon, et aussi bien réparée. Au-delà du détroit formé par les deux pointes rapprochées de Staten et de Long-Island, se trouve une autre vaste baie, appelée *exterior Bay*, ou Baie extérieure, beaucoup plus grande et moins protégée, qui sert comme d'avant-port à la baie intérieure.

Il y a quarante ans, la ville de New-York comptait à peine 200,000 habitants; les rues de la partie de la ville qui remonte à cette époque ont des noms particuliers; mais ensuite, le développement a été si rapide qu'il semblait impossible de trouver autant de milliers de noms qu'il en fallait pour les rues nouvelles : on a adopté le système de les appeler par numéros. Onze grandes rues, larges de quarante mètres, vont du sud au nord dans toute la longueur de la ville, et s'appellent *avenues* n° 1, n° 2 et jusqu'à n° 11. Ces avenues sont coupées, de l'est à l'ouest, à angle droit, par cent cinquante autres rues appelées n° 1, n° 2, n° 3, etc.; la sixième avenue, étant considérée comme centre, on distingue les rues à droite par le mot *est* et à gauche par le mot *ouest*. Ainsi, dans une adresse, on place d'abord le numéro de la porte, puis celui de la rue et l'orientation.

Vers le milieu de la ville, un superbe parc de quatre milles de long sur un demi mille de large, s'appelle *Central parc;* c'est un labyrinthe de forêts, de lacs et de prairies, de monticules et de vallées avec ornementation de statues de bronze, kiosques pour la musique, cafés, etc. C'est là que, les bonnes viennent garder les enfants, que les désœuvrés viennent rêver le bonheur; les cavaliers fringants ont aussi leurs allées, et les *ladies*, étendues dans leurs landaus, se promènent, pendant que leurs maris accumulent l'argent dans les banques.

La partie nord de la ville est relativement tranquille, et ses rues bordées de petites maisons à deux étages, avec perron et petit jardin, ressemblent assez aux rues des villes anglaises; mais la partie sud, occupée par les administrations, les banques et le commerce, est entièrement ce qu'est la *cité* à Londres : un mouvement dont on n'a pas d'idée, un bruit à vous étourdir, et pourtant ici, comme à Londres, personne ne parle, chacun fait ses affaires tranquillement et en silence.

Le terrain est devenu si cher dans cette partie de la ville (5,000 francs le mètre carré) que pour l'utiliser, on construit de véritables tours à huit, dix et douze étages. Je suis allé voir un avocat, mon confrère; son bureau était au douzième étage, mais on y arrive en deux minutes par l'ascenseur. Le sous-sol compte aussi deux ou trois étages, et presque tous les trottoirs sont en partie couverts en plaques de verre pour faciliter l'éclairage souterrain.

Une des curiosités de New-York sont les *elevated-*

raillways. Pour faciliter la circulation, on a établi à Paris le chemin de fer de ceinture, et à Londres les chemins de fer souterrains; ici on les a établis tout bonnement dans les rues; mais pour ne pas gêner les piétons, on a planté par intervalles des poutres en fer sur lesquelles reposent les doubles rails, reliés entre eux par un petit treillage en fer.

Les trains se succèdent à chaque cinq minutes : l'un monte, l'autre descend; ainsi chaque deux minutes et demie, les habitants du premier et deuxième étage voient les voyageurs dans les wagons à la distance de quelques mètres, et sont obligés de tenir leurs fenêtres fermées pour ne pas vivre en public. Les magasins sont plus gênés encore, car ils perdent beaucoup de lumière, et le bruit des trains par-dessus, des tramways par-dessous, et des chars et des voitures qui se croisent en tous sens, fait qu'il faut presque se parler dans l'oreille pour se comprendre.

Il n'est pas étonnant que les propriétaires, ayant des maisons sur les rues où passent les *elevated-railways,* aient réclamé une indemnité; elle était bien due, mais elle a été refusée. On a allégué, ce qui du reste est vrai, que ces railways sont fort commodes pour le public. En effet, dans quelques minutes, on franchit les nombreux milles qui séparent les divers quartiers, et on se rend sur tous les points sans perte de temps : tant pis pour les maisons voisines : justice américaine!

Après m'être un peu rendu compte de la topographie de la ville, je me suis empressé de visiter mes correspondants. J'ai trouvé, chez lui, M. Lynch, président du Conseil supérieur des conférences de saint Vincent de Paul pour les Etats-Unis; c'est un grand marchand de laine, fort aimable, très actif, énergique, et d'un caractère obligeant et enjoué. Malheureusement, il ne comprend pas un mot de français, et je suis forcé de baragouiner mon anglais qu'il déclare fort bien comprendre. Il se met à ma disposition; il me présente à M. Jamme que j'avais connu à Paris, et à son ami, M. Hoguet : celui-ci préside la *Immigrant-Industrial Saving Bank*, caisse d'épargne pour les immigrants, qui a déjà en dépôt plus de 100 millions de francs. Avec une bonté sans mesure, il met son équipage à notre disposition. M. Lynch est lui-même président de la Société protectrice des immigrants, et me fait visiter tous les établissements créés par cette société.

C'est d'abord un immense local destiné à les recevoir au débarquement. Une moyenne de quinze cents à deux mille immigrants est déposée chaque jour par les divers navires venant de l'Europe; ce sont des Anglais, des Italiens, des Espagnols, mais surtout des Allemands qui fuient la conscription, et des Norwégiens, des Danois, des Suédois qui fuient les glaces de leur pays.

Ces pauvres gens étaient jadis exploités de toute manière; maintenant, grâce aux dispositions prises par la Société, ils peuvent avoir un gîte gratuit en arrivant, être renseignés sur toutes choses et prendre la direction qu'ils désirent. Un grand nombre s'en vont vers le centre ou l'ouest, auprès de parents et amis; d'autres cherchent du travail ici, et s'ils n'en trouvent pas, vont en chercher plus loin.

Le nombre des immigrants, débarqués à New-York, dépassera cinq cent mille cette année; il en est débarqué dernièrement onze mille, du samedi au lundi. Les troubles d'Irlande sont pour quelque chose dans cette recrudescence.

La Société protectrice des *immigrants* a construit des hospices pour y soigner toutes les misères de ces pauvres gens. Ils ont le droit d'y être admis pendant les cinq premières années de leur immigration. M. Lynch m'a conduit visiter ces hospices à l'Ile Ward-Island. Nous y avons vu, dans deux ou trois grands corps de bâtiment, des enfants de tout âge, malades ou orphelins. Nous avons vu la Maternité où un grand nombre de mères recevaient des soins. Nous avons visité des aliénés, des malades, des misères de toutes sortes. Que de sages pensées inspire la vue des souffrances de nos frères!

Nous repassons la rivière et prenons un chemin de fer, puis une voiture, et nous voici au *New-York catholic Protectory*. Cette immense maison contient environ mille garçons de huit à vingt et un ans, dirigés par les Frères de la doctrine chrétienne. A côté, dans une autre maison, les sœurs de Saint-Vincent de Paul (branche américaine détachée de celle de Paris), dirigent autant de jeunes filles. Cette institution est due aux Conférences de saint Vincent de Paul qui ont senti bientôt la nécessité de s'occuper des enfants des rues. Quelques jeunes gens en ramassèrent plusieurs, les abritèrent pour leur apprendre un métier, puis ne purent suffire à la tâche, car le nombre allait en augmentant; ils appelèrent les Frères de la Doctrine chrétienne de Paris, et on constitua un Comité qui maintenant dirige l'Œuvre.

Je vois, par le dernier compte-rendu, que les dépenses pour l'année 1880 ont été de 265 mille dollars (1,330,000 francs), sur lesquels 224 mille (1,120,000 francs) ont été payés par l'Etat de New-York, à raison de 110 dollars (550 francs) par enfant; les autres 40 mille dollars (200,000 francs) ont été fournis par les souscriptions. Les constructions, terrains, outillages, etc., ont coûté 817 mille dollars (4,850,000 francs). Le dollar vaut 5 fr. 30 centimes.

Ces enfants ont l'école, et sont occupés dans divers ateliers de cordonnerie, menuiserie, imprimerie, etc. Les jeunes filles font des chemises, des gants et toutes sortes d'ouvrages propres aux femmes. Les enfants, trouvés dans les rues ou que les parents ne parviennent point à dompter, sont envoyés au Protectory par ordre du magistrat, pour y rester jusqu'à l'âge de vingt et un ans; mais ordinairement, ils en sortent plus tôt s'ils sont sages et s'ils connaissent leur métier.

Les Frères nous servirent un dîner qui venait fort à propos; puis, ils nous conduisirent dans la grande salle des fêtes. Un millier de personnes, amies de l'Œuvre, attendaient l'entrée du frère Visiteur qui arrivait la veille de Paris ; la fête était en son honneur. En traversant la cour, tous les enfants vont au-devant de lui; puis, dans la salle, la fanfare joue une marche américaine; viennent ensuite les chants, les déclamations, les compositions, et une petite comédie en deux actes.

Ils n'est pas étonnant que les propriétaires aient réclamé une indemnité (page 47)

On me présente un jeune Français ; il se plaint, et voudrait sortir de l'établissement parce que, dit-il, il perd l'usage de sa langue : c'est un ***pick-pocket*** que ses parents veulent corriger, mais la tâche n'est pas toujours facile. On a dû renoncer aux constructions en bois et bâtir en briques. Il y a quelque temps, les plus chenapans avaient mis le feu à la maison et en avaient fait un feu de joie.

Le soir, quand je retournai à l'hôtel, j'étais bien fatigué.

Le lendemain, monsieur Jamme vient me chercher. Il me conduit sur un steamer, appartenant à l'administration des hospices et des prisons. Le Père Duranquet nous y attendait. Ce religieux, natif de Clermont-Ferrand, aidé de cinq de ses confrères, exerce dans ces établissements les fonctions d'aumônier pour les catholiques.

Nous abordons à l'île de Blackwell. C'est une langue de terre longue et étroite occupée par quatre grands établissements. Nous visitons d'abord, au sud, un vaste hôpital contenant environ deux mille malades. Dans les jardins se trouve une maison séparée pour les varioleux; les typhoïdes sont sous des tentes; varioleux et typhoïdes étaient trois cents ces jours derniers; ils ne sont plus maintenant que quatre-vingt-dix.

De là, nous passons au *Penitentiary*. Une escouade de vingt hommes et une autre de vingt femmes y arrivaient en même temps que nous; là, ils sont enregistrés et costumés; le costume pour les coupables de rixe est brun foncé, pour les voleurs, il est bariolé à l'arlequin. On peut ainsi facilement les rattraper en cas de fuite; point de grandes murailles autour de l'île: quatre petites barques en surveillent les abords. Les prisonniers sont au nombre de deux mille environ, hommes et femmes; le jour ils travaillent à la campagne, à l'île ou ailleurs; le soir, à six heures, ils soupent et rentrent dans leurs cellules : ces cellules, alignées par rangées de trente et superposées en quatre étages, n'ont pour fenêtres que la porte de fer grillée; elles ont deux mètres de long, un de large et deux de haut; souvent deux prisonniers y prennent place avec couchettes superposées comme en bateau à vapeur. Les portes grillées donnent sur un balcon en fer servant de couloir, et cette masse de construction ressemble assez à un vaste pigeonnier, enfermé tout autour par une seconde muraille percée en crémaillère.

Pour nourriture, ils ont du café à six heures du matin, de la soupe et de la viande à midi, du café le soir à six heures, le pain à volonté.

Après le *Penitentiary* vient de *Work-House* (maison de travail pour les pauvres), vaste bâtiment contenant environ deux mille personnes, hommes et femmes, et ensuite, toujours dans la même île, la maison des aliénées pour les femmes; elle en contient dix-huit cents.

Nous passons encore à Ward-Island et nous visitons un vaste hôpital confié par l'Etat aux médecins homéopathes ; c'est le seul hôpital officiel de ce genre. Nous y trouvons, comme ailleurs, de nombreuses misères; puis, nous arrivons à l'hospice des aliénés pour les hommes; c'est le plus vaste de tous ces établissements, mais il ne contient que mille malades. Nous trouvons là un prêtre du département du Var; il passe son temps à lire et à philosopher. Tous ces établissements ont leur cuisine bien organisée, les marmites sont chauffées par la vapeur; le chauffage de la maison a lieu également par la vapeur au moyen de tubes qui parcourent toutes les pièces. Le soin des malades est confié à des employés laïques. Toutes les confessicns y sont admises; les ministres des différents cultes prennent soin du spirituel de leurs coreligionnaires. J'ai vu un pauvre Chinois qui, lui, n'avait aucun ministre de sa religion. Le nombre des habitants dans les établissements des deux îles est d'environ dix mille, et la ville de New-York dépense annuellement environ neuf millions de francs pour leur entretien.

Le père Ludokinsky, qui réside à Ward-Island, nous réconforta par un bon dîner. Le père Duranquet semblait abattu, je lui dis : « Père, vous paraissez fatigué. » Il me répondit : « Il y a soixante-quinze ans que je marche, et c'est bien naturel que je sois fatigué. »

Monsieur Jamme a voulu me faire connaître l'intérieur d'une famille américaine. Il m'a conduit chez lui, de l'autre côté de la rade, à Staten-Island; c'est là qu'il s'est construit un joli chalet en bois, comme on les a dans ce pays; c'est le genre anglais, mais un peu modifié. Les sous-sol sont supprimés; l'américaine, plus pratique, s'est vite aperçue que la surveillance des domestiques et du ménage est moins facile dans le sous-sol.

J'ai visité avec lui une maison en construction; le bois coûte ici moitié moins qu'en Europe; c'est pourquoi on construit en bois; c'est aussi plus vite fait.

Une petite maison composée de rez-de-chaussée, premier étage et mansarde, avec trois pièces et dépendances à chaque étage, coûte environ quinze mille francs et dix mille francs le terrain ; elle se loue deux mille cinq cents francs. Ce serait le 10 0/0, mais il faut défalquer 1/2 0/0 entretien, 1 0/0 assurance, car on brûle souvent; et 1 1/2 ou 2 0/0 contributions; reste 6 1/2 0/0.

Ici, on ne connaît pas les octrois, ni les impôts indirects : enregistrement, droits de mutation, de succession, etc. On paie une contribution basée non sur la rente, mais sur la valeur de la propriété. Le taux varie, pour chaque Etat, selon le plus ou moins d'économie et de bonne administration; pour l'Etat de New-York, il est fort cher, on paie 3 1/2 sur la valeur, mais cette valeur est comptée ordinairement la moitié de la valeur réelle; ainsi, celui qui a des propriétés pour 100 mille francs, paierait 3,500 francs, mais on estime la 1/2 soit 50,000 francs et on paie 1,800 francs, ce qui est encore assez. Les valeurs mobilières paient comme le reste, sauf les fonds d'Etat qui sont libres : ils rapportent 4 0/0 en ce moment; les autres valeurs ordinairement le 6 0/0, autant que les valeurs d'Etat, impôt déduit.

— Madame Jamme m'a fait l'accueil le plus hospitalier; elle a quatre fils. Elle n'était pas mariée lorsque j'ai connu son mari à Paris, mais l'année suivante, elle fit son voyage de noces en Europe et passa trois jours à Nice. Son aîné a six ans et son cadet un an; celui-ci pleure et l'aîné le berce. Madame Jamme ne parle que l'anglais; elle me met au courant des choses du ménage. Il est difficile ici d'avoir des domestiques; le gage habituel est quatre-vingts francs par mois, les cuisiniers dans les bonnes familles gagnent de trois à cinq cents francs par mois; dans les hôtels, dix mille francs par an; ils sont presque tous Français; ils font la noce et s'ils sont malades, ils vont à l'hôpital. Les objets de comestibles ont à peu près le même prix qu'en Europe; les loyers sont fort chers en ville; aussi on entasse les pauvres gens par cinquante familles dans de petites maisons. Les fortunes modestes se logent à Brooklyn, à Jersey, à Staten-Island où on paie deux à trois mille francs pour la location d'une petite maison. La main-d'œuvre est chère, le moindre ouvrier gagne deux dollars par jour; la voiture à un cheval et pour une personne se paye cinq francs l'heure; le maçon gagne quinze à vingt francs par jour.

C'est à Staten-Island que se trouvait l'hôpital de la Quarantaine pour les malades sortant des navires; cela gênait le développement de la ville et portait atteinte à la valeur de la propriété; les habitants réclamaient depuis longtemps et ne recevaient que des promesses; ici on s'en contente peu. On eut recours à un moyen plus sûr et plus expéditif; tous se concertèrent : les plus hardis, masqués, mirent une belle nuit le feu aux quatre coins de l'hôpital; toute la population accourut pour le sauvetage; on déposa les malades sous les arbres des allées voisines, on fit sortir les médecins, et l'hôpital disparut. L'enquête constata que le concert était si parfait qu'il fut impossible de faire déclarer les coupables. Depuis, on a formé, dans la baie extérieure, une petite île où s'élève l'hôpital de la Quarantaine. Les malades atteints de la fièvre jaune sont dans un hôpital flottant.

A deux lieues de Staten-Island, des raffineries de pétrole gênent encore les habitants, lorsque le vent porte vers eux la désagréable odeur du pétrole; on a averti les raffineurs, mais ceux-ci ne comprendront qu'après que leur établissement aura flambé.

Le pétrole est amené ici de Pittsburg et des environs par les chemins de fer; et en outre, par une canalisation qui traverse à New-York la rivière de l'Est et va remplir les bassins au-dessus de Brooklyn. Là aussi sont de grandes raffineries et de nombreux navires qui portent le pétrole en Europe. Il est mis en caisses de fer-blanc, renfermées en d'autres de bois; il coûte, ainsi préparé, trois sous le litre.

Le gaz est ici moins cher qu'à Paris et pourtant le charbon qui sert au gaz est pris dans les mines d'Angleterre; mais les navires qui viennent ici chercher le pétrole, portent le charbon, et puis les compagnies de gaz se contentent de moindres bénéfices. Le charbon américain est excellent pour chauffer, mais ne contient pas de gaz; il se paie ici vingt-cinq francs la tonne. Nous le payons, à Nice, cinquante francs.

Ce qui coûte le plus, ce sont les pensionnats. L'éducation d'une jeune fille coûte en moyenne trois mille francs par an, celle d'un garçon quatre mille; le prix de la maison n'est que de quinze cents à deux mille francs, mais les notes accessoires font le reste.

Pour une ville qui reçoit tant de gens sans aveu, venus de tous les points de l'Europe, j'ai été étonné de voir une si grande confiance en bien des cas; les omnibus et les tramways à un cheval n'ont que le cocher; le collecteur de l'argent, le contrôleur, etc., sont supprimés : les voyageurs posent leurs cinq sous dans une boîte à couvercle en verre, surveillée par le cocher. Il est vrai qu'il y a à côté un écriteau qui promet cinquante dollars de récompense à quiconque signalerait une fraude. Le soir, les magasins ferment de bonne heure ou plutôt ne ferment pas du tout, car tous les volets étant supprimés, les énormes glaces, qui doivent coûter des milliers de francs, sont le seul rempart aux marchandises de toutes valeurs. Depuis neuf heures du matin jusqu'à quatre heures du soir, tout le monde est fort occupé à ses affaires; chacun les fait sans parler, comme à Londres. Les bureaux ferment à quatre heures, les magasins à six heures; le samedi, ils ferment presque tous à trois heures; le dimanche repos absolu. Ce système me paraît bien entendu. Le banquier et le commerçant, en quittant le bureau ou le magasin, vont faire leur partie de lawn-tennis ou ramer sur la rivière; ils donnent la soirée à la famille; le matin, avant de reprendre le travail, ils ont le temps de faire à cheval une promenade salutaire. Chez nous l'employé, mais surtout le commerçant, est attaché à son bureau depuis le matin de bonne heure, jusqu'au soir bien tard; il ne se repose souvent ni le samedi ni le dimanche, et au lieu de ces exercices de corps si nécessaires à la santé, il va respirer un air méphitique dans les salles enfumées d'un cercle ou d'un estaminet; quoi d'étonnant que les santés faiblissent et que l'esprit de famille disparaisse!

Monsieur Linch m'a fait visiter les diverses Cours de justice et le palais de Ville qui renferme les portraits des différents personnages anciens et modernes des Etats-Unis. Il a voulu me présenter au maire, son ami, le premier maire catholique de New-York; mais il était occupé à rendre la justice. Des citoyens avaient porté plainte contre les agents municipaux pour négligence dans la propreté de certains quartiers; les employés présentaient leur défense devant le maire qu avait ensuite à prononcer sa décision.

Avant de quitter New-York, monsieur Kernan a tenu à me faire connaître un des délassements de la saison. Il a pris une demi-journée de congé, et m'a conduit à Coney-Island, pour me faire admirer encore une fois les beautés de la baie intérieure et extérieure. Après les travaux de la journée, on passe une heure en steamer pour venir à Coney-Island prendre son bain de mer; plusieurs y portent leur dîner et ont des centaines de tables à leur disposition. Les tables sont sur des Jetées-promenades, à côté desquelles celle de Nice est une miniature. J'ai voulu prendre un bain sur ce côté de l'Océan; j'ai pris une des douze cents cabines de la jetée où aborde le steamer; il y en a plusieurs autres aux environs. Pêle-mêle, messieurs et dames, se roulent sur le sable ou sont roulés par les vagues ; pour les uns et les autres les costumes ne laissent voir que bras et jambes. Je ramasse de beaux coquillages au fond de la mer, et d'énormes coquilles avec leurs mollusques. Tout à coup quatre jeunes filles m'entourent et semblent me montrer au fond de l'eau je ne sais quel poisson ; je cherche, je les aide, je plonge et replonge et je ne trouve rien, je m'aperçois qu'on me joue et je leur dis : « *You are the fish !* » ou plutôt c'est moi qui suis le poisson ; mais monsieur Kernan, qui était là, m'assurait que c'étaient des jeunes filles honnêtes qui voulaient seulement un peu s'amuser. Mœurs américaines ! Après le bain nous traversons les innombrables chevaux tournants, vaches de bois à lait médicinal, tirs, balançoires, etc., pour arriver aux hôtels : ce sont d'immenses établissements en bois qui reçoivent des milliers de baigneurs à vingt-cinq, trente et quarante francs par jour ; la musique joue devant la grande vérandah de cent mètres de long ; on est si bien qu'on ne quitterait plus cet endroit ; mais l'heure s'avance et je dois aller coucher à Philadelphie. Nous montons par un ascenseur à la cime d'une charpente en fer de cent mètres de haut ; un long porte-vue met devant nous les objets les plus éloignés aux divers points de l'horizon ; puis, nous regagnons le steamer, et une heure après la station de Pensylvania railway. A neuf heures du soir j'étais à Philadelphie, hôtel Girard.

Philadelphie couvre une surface de quatre-vingt-deux mille arpens (page 62)

CHAPITRE IV

Philadelphie. — Baltimore. — Washington. — Assassinat du président Garfield. — Le Watkins-Glen. — Chutes du Niagara.

A Philadelphie, ma première visite fut pour l'Indépendance Hall; c'est ici, dans cette salle, que l'Indépendance des Etats-Unis a été proclamée, le 4 juillet 1776. Tout en rappelle le souvenir. On y conserve tout ce qui a rapport à ce grand acte de l'émancipation de ce peuple.

Philadelphie a été la capitale des Etats-Unis, de 1790 à 1800. En 1682, William Penn y débarqua avec une colonie de quakers, et acheta le terrain des

Indiens, pour former ce qui fut appelé, plus tard, l'état de Pensylvania. Elle renferme maintenant près de neuf cents mille habitants; elle a soixante-dix asiles, quatre-vingts hôpitaux et dispensaires et soixante-dix-neuf associations charitables; ses maisons ressemblent aux petites maisons de Londres et ont fait prendre à la ville d'immenses proportions : en sorte qu'elle est la plus vaste des villes américaines. Elle a trente-six kilomètres de long, sur neuf de large et couvre une surface de quatre-vingt-deux mille arpens. Les habitants étant moins entassés, le peuple y vit plus longtemps; la mortalité annuelle n'y est que de dix-neuf pour mille, pendant qu'elle est de vingt-deux à Londres, de vingt-quatre à Paris, de vingt-six à Bruxelles, de vingt-neuf à Berlin, de trente à New-York, de trente et un à Florence, de trente-deux à Rome, et de trente-quatre à Vienne. Les tramways, comme dans les autres grandes villes, parcourent toutes les rues; il y en a ici quatre cents kilomètres, mais sur une seule ligne; pour le retour, il faut recourir à la rue voisine. Comme à New-York, les rues sont classées par numéros, de l'est à l'ouest, et celles qui vont du nord au sud ont des noms particuliers. Philadelphie, à quatre-vingt-dix lieues de la mer, reçoit, par la rivière le Delaware, les plus grands navires, et environ vingt-six mille immigrants par an; elle est entourée de plus de huit cents manufactures, qui emploient, environ, cent cinquante mille ouvriers, donnant pour près de deux milliards de produit annuel. Les plus importantes, sont celles de locomotives. M. Philipps, avocat, m'a fait bon accueil; il est venu me chercher à l'hôtel, avec sa voiture, et m'a conduit chez lui, à la campagne, à German-tawn. Nous traversons Fairmount Park, immense espace de terrain, traversé par la rivière Schuylkill, et admirablement disposé sur quelques points; c'est dans ce parc qu'on voit encore une partie des bâtiments de l'Exposition universelle tenue ici, en 1876, centième anniversaire de l'Indépendance. Par ces fortes chaleurs, il est de mode de se promener en voiture dans le parc, le soir, et ce sont les *ladies*, ordinairement, qui conduisent. Toutefois, dans la ville, les *ladies* cèdent les rênes aux messieurs, car la cité est traversée, en tous sens, par les chemins de fer, et tant pis pour vous, si vous vous laissez broyer; toute la précaution consiste en un grand écriteau, placé au point d'intersection, sur lequel est écrit *Crossing raillway*, cela veut dire : croisement du chemin de fer, prenez garde. Aussi, le bon M. Philipps qui conduisait, était constamment en alerte.

A German-tawn, après le dîner, M. Philipps m'a conduit chez les Lazaristes qui ont voulu fêter mon arrivée, par une bouteille de Champagne; pas un seul ne parlait français; j'ai donc dû baragouiner tout le temps mon anglais et mettre la paix entre M. Philipps et un professeur qui se montait facilement la tête à propos de certaines questions.

Je dormais, tranquillement, sur le dur lit américain que m'avait préparé mon hôte, lorsqu'à quatre heures et demie du matin, un charmant *baby* de cinq ans, ouvre la porte, monte sur mon lit et m'embrasse; il avait peut-être cru embrasser son père. Je joue un instant avec lui, puis je comprends, encore une fois, qu'ici, on est matinal. M. Philipps qui, entre parenthèse, a passé un hiver à Nice, me donne des lettres pour des amis de Baltimore et de Washington et me fait accompagner à la gare par son beau-frère, jeune étudiant en droit. Me reposant sur lui, je ne prends aucune de mes précautions habituelles qui consistent à contrôler plusieurs fois les renseignements. Mais, après notre lunch, pris à la gare, mon inexpérimenté jeune homme s'aperçoit qu'il s'est trompé de gare et, qu'en ce moment, le train part de la station qui est à l'autre bout de la ville. Il n'y a pas de monopole, en Amérique, pour les chemins de fer ni pour les télégraphes; il s'ensuit qu'un grand nombre de compagnies se forment, tous les ans, et que souvent, pour aller à un même endroit, on a trois ou quatre lignes différentes et quelquefois parallèles; alors, la concurrence fait baisser les prix; c'est pourquoi, aucun indicateur ne donne les prix, si sujets à variation; et, malgré toute mon application, je n'ai encore pu réussir à déchiffrer, que difficilement, ces indicateurs; car il faudrait, pour cela, connaître le parcours des centaines de compagnies qui y sont indiquées. J'ai donc quatre heures de plus à passer à Philadelphie; j'en profite pour visiter une vaste bibliothèque, l'arsenal peu important, et l'hospice des vieux marins, l'hôtel des Invalides américain. C'est là qu'un gardien me dit : « *Garfield was shot this morning*. Le président Garfield a reçu une balle, ce matin. » Je ne pouvais comprendre, par là, qu'on eût assassiné le président et je doutais. Je demande à visiter l'hospice, on me dit : tout est ouvert, allez où vous voudrez. Je parcours les vastes corridors. Les vieux marins ont, chacun, leur petite chambre; un d'entre eux m'aborde, me parle de ses campagnes avec l'amiral Feragut, et, comme tout vieux soldat, il allait continuer, en plusieurs chapitres, lorsque je lui demande s'il connaît Villefranche : *Yes, Sir, I have been in Villafranca.* « Oui, Monsieur, j'ai été à Villefranche. » Puis, je me sauve à la gare et, le soir, j'étais à Baltimore. Là, je vois tous les bureaux télégraphiques assiégés, et la foule faisant queue à tous les bureaux des journaux; l'anxiété et la consternation sont sur tous les visages, et je comprends que le gardien des Invalides à Philadelphie avait dit vrai. Un nommé Guitteau, le matin même, à Washington, avait tiré deux coups de revolver sur le président Garfield. Cela se passait au moment où il allait à la gare de *Pensylvania and Potomac*, prendre le train qui devait le conduire à *Long Branc*, près de New-York, pour y passer douze jours de vacances. Le télégraphe vous a appris, tout de suite, tous les détails de la tragédie; je ne les énumèrerai pas. On a cru, d'abord, que Guitteau, était Français; mais le nom seul l'est. Guitteau est né à Chicago et ne connaît pas un mot de notre langue; son père était émigré français. Il y a eu plusieurs fous dans sa famille; lui-même avait la tête un peu dérangée; il était avocat de quatrième ordre, à

Chicago, mais il ne travaillait pas : il était tombé dans la misère et il sollicitait la place de consul américain à Marseille; ses sollicitations étaient devenues insupportables. Ici, tout le monde peut aller chez le président, pour le saluer ou lui parler. Garfield dut le faire renvoyer : Guitteau s'est fâché et a voulu se venger.

Baltimore, capitale du Maryland, compte trois cent cinquante mille habitants et quoique éloignée de deux cent milles de la mer, toutefois, par la baie de Chesapeake et la rivière Patapsco, les plus grands navires arrivent jusqu'à elle. A Baltimore, comme partout dans les Etats-Unis, le repos du dimanche est parfaitement observé : pas un seul magasin ouvert; mais, par les vitrines, on peut voir tous les objets. Je me rends chez M. Drumman, qui m'accueille très cordialement. Il occupe, avec sa famille, une charmante maisonnette, entourée de jardins; il me conduit à l'église de l'Immaculée-Conception. C'était l'heure de la grand'messe. L'orgue, les voix d'hommes et de femmes s'harmonisent si bien que nulle part, je n'ai entendu de si beaux chants, excepté à la chapelle Sixtine à Rome.

M. Drumman me fait parcourir la ville, me promène dans le vaste et joli parc de Druid Hill et, le soir, je rentre chercher un peu de repos bien mérité. Le lendemain matin, je prends le chemin de fer qui, dans une heure et demie, me conduit à la capitale des Etats-Unis.

C'était le 4 juillet, anniversaire de l'Indépendance;

je m'attendais, quelques jours avant, à voir une revue de la petite armée et de la marine, des feux d'artifice et autres choses par lesquelles les peuples se réjouissent, au souvenir d'un des grands événements de leur histoire; mais, l'accident survenu au chef de l'Etat avait changé toute chose : la tristesse la plus profonde régnait partout et on ne voyait de foule qu'aux abords de la Maison-Blanche. C'est la petite maison qu'habite ici le chef de l'Etat; elle est bien moins importante que celle qu'habite, à Paris, le président de la Chambre des députés. Neuf fenêtres de façade et quatre de profondeur, un étage sur rez-de-chaussée; et, comme elle est peinte en blanc, on l'appelle la Maison-Blanche; elle est dans un petit parc et a, à sa droite, le ministère des Finances; à sa gauche, un corps de bâtiment en construction, destiné à faire le pendant au premier et à recevoir trois autres ministères.

En Amérique, on crée des villes tous les jours; il est facile, sur un terrain vierge, de leur donner de vastes proportions et des alignements réguliers. C'est ce qu'on a fait à Washington; on a placé au centre le Capitole et tracé tout autour de larges rues, appelées *avenues;* elles sont baptisées chacune du nom d'un des Etats de la Confédération; ces *avenues* sont traversées par une infinité de rues, appelées A — B — C — D, etc; et, pour faciliter les adresses, toutes celles qui sont à l'ouest du Capitole, doivent porter l'indication ***West,*** et les autres l'indication ***Est;*** les rues tracées dans le sens des avenues portent pour nom des chiffres, 1 — 2 — 3 — 4, etc., en sorte que, une adresse dira par exemple : M. tel, n° 30, 10th and G. street W. Le premier numéro indique le numéro de la porte, le second et le troisième l'intersection des rues, W, la partie ouest de la ville. Chaque carré de maison ou *bloc*, comme on appelle ici, avant le numéro de la porte, a un chiffre correspondant au nnméro de la rue; ainsi, entre la rue n° 9 et la rue n° 10, toutes les portes seront numérotées, non pas 1 — 2 — 3 — 4, mais 91, 92, 93, 94, etc.; ce qui indique qu'il faut chercher la porte dans le bloc, entre les rues 9 et 10. C'est fort compliqué, mais lorsqu'on a trouvé la clé, on se reconnaît facilement. Il m'a fallu un peu de temps pour démêler tout cela dans les explications que je demandais aux passants.

Washington ne comptait que quelques mille âmes, il y a vingt ans; elle en a maintenant cent quatre-vingt mille; soixante mille sont nègres; ceux-ci ont pour eux deux églises catholiques; ils ne se marient qu'entre eux et occupent ordinairement les places de domestiques. Presque tout le monde a des domestiques nègres ou négresses, et il n'y a que des noirs pour servir dans les hôtels; ils sont nombreux, et, pendant qu'un vous porte les plats, l'autre veille sur votre sourcil pour deviner vos désirs, un troisième vous verse le vin, et un autre chasse les mouches et vous envoie de l'air avec un éventail de palmier. Ils sont payés un dollar par jour, logés et nourris. En général, ils se conduisent bien; ils sont citoyens et votent comme les blancs; souvent, ils sont intelligents. On m'a montré à Washington le célèbre Douglas, nègre rempli d'esprit, excellent orateur et littérateur connu du monde entier. Le Capitole est une immense construction de marbre, surmontée d'un dôme de plus de cent mètres de haut. Le général Washington en posa la première pierre. Il contient

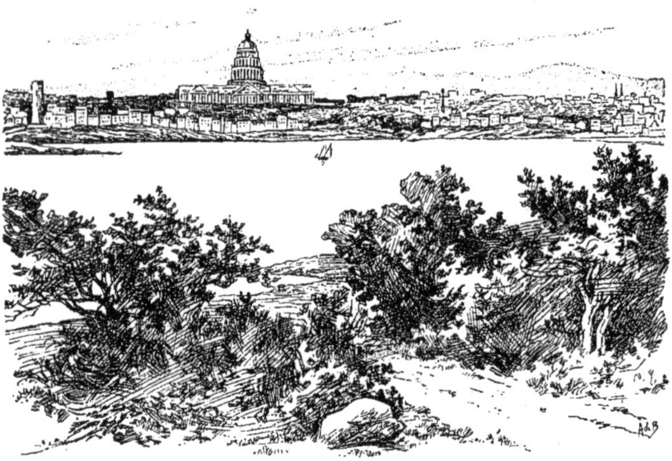

Le Capitole de Washington est une immense construction de marbre (page 69)

la Chambre des députés et celle des sénateurs; mais, les Etats se multipliant, on a dû ajouter deux ailes; et, pour harmoniser le dôme, il a fallu le reconstruire sur de plus vastes proportions. Deux portes de bronze dessinées à Rome et fondues à Munich sont d'un superbe travail et représentent, l'une l'histoire de Christophe Colomb et la découverte de l'Amérique, l'autre, des traits de l'histoire américaine. Dans l'intérieur du dôme, qui sert d'antichambre, de superbes tableaux, représentant les principaux faits de l'histoire des Etats-Unis, ornent les murs; les deux Chambres sont d'une grande simplicité : il n'y a point de bancs de ministres; ici, ils n'assistent pas aux débats. Les bibliothèques et les bureaux occupent le reste du bâtiment.

J'ai visité, à Washington, quelques musées qui, bien que récents, sont pourtant assez bien fournis; j'ai parcouru l'arsenal et le Navy-Yard, arsenal de marine; mais leur importance est petite, comparée à ceux de l'Europe. Ici, on n'a pas le temps de penser à la guerre, on ne la fait qu'à la nature, en défonçant le sol et en construisant des *railways;* aussi, pour les soixante millions d'habitants des Etats-Unis, il n'y a qu'une armée de vingt-cinq mille hommes, presque toute confinée aux frontières des Peaux-Rouges; et, pour la marine, après la guerre de sécession, on s'est hâté de vendre les navires en ne conservant que le strict nécessaire. Pas d'impôt de sang, pas d'impôt d'argent pour s'entr'égorger; toutes ces forces sont tournées vers la production. Si les millions d'hommes que l'Europe nourrit dans les casernes étaient employés à l'agriculture, et aux travaux publics, ils doubleraient bien vite la prospérité du pays. Aussi, en Amérique, regarde-t-on les Français comme des fous, toujours aspirant à la gloire par la guerre et la conquête !

J'avais une lettre pour M. le major Mallet, Canadien-Français, employé dans la capitale depuis vingt ans; il avait été gouverneur pendant deux ans dans le territoire de Washington, sur les bords du Pacifique, et il m'a donné des renseignements fort intéressants sur les sauvages qu'il a eu à gouverner dans cet immense pays. Ils se font difficilement à la civilisation et vont en diminuant; les boissons ont sur eux un effet désastreux et les abrutissent; aussi, les lois défendent-elles sévèrement de donner ou de vendre aux Indiens aucune boisson enivrante.

M. Mallet, avec une amabilité extraordinaire, a quitté son bureau et ses affaires pour se faire mon *cicerone*. A Georgetown, ville attenante à Washington, nous avons visité l'Université, dirigée par les Pères jésuites : ils viennent de doubler leur immense et magnifique construction. Ils font des médecins, des avocats, des théologiens, etc. Du haut de la tour de leur établissement, j'ai pu contempler Washington et les environs. Le Potomac serpente gracieusement et permet aux frégates de remonter à plus de cent lieues de l'Atlantique. Quelques milles en avant, à Alexandra, se trouve le tombeau de Washington, le grand général, fondateur des Etats-Unis. Une association vient d'acheter à ses héritiers la propriété qui le renferme pour la conserver au public. Devant mes yeux, nous avons l'ancienne résidence du général Lee qui commandait les troupes confédérées, dans la guerre de sécession; on l'a confisquée et convertie en cimetière où reposent les soldats tués à cette occasion. Le général Lee vient de publier, en deux volumes, l'histoire de cette guerre; on la dit écrite sur un ton sévère et énergique.

M. Mallet, employé au ministère des finances, m'a fait visiter ce ministère. C'est une immense et belle construction renfermant des millions d'employés hommes et femmes. J'ai été étonné de voir, dans les mêmes salles, des messieurs, des jeunes gens, des dames, des jeunes filles; il faut le sang-froid des habitants de ces pays pour continuer le travail dans de pareilles conditions.

A Washington, la chaleur était accablante; j'ai passé les heures du grand soleil à parcourir les arsenaux; j'avais la figure en feu et croyais même avoir attrapé un *Sun-stroke* (coup de soleil). Le thermomètre, à l'ombre, atteignait 100 degrés Farenheit, (36 centigrades); je crus prudent de me sauver vers le nord.

Le mercredi 6 juillet, à huit heures du matin, je monte dans le train, à cette même gare qui avait été le théâtre de la tragédie présidentielle, quelques jours avant; je retourne à Baltimore et atteins bientôt la belle vallée de la Susquehana que la locomotive suit pendant longtemps. Nous entrons, de nouveau, dans la Pensylvanie. Le pays est admirablement cultivé; partout, les chevaux traînent des machines pour labourer, herser ou faucher. Tout se fait ici à la machine, et il serait impossible de faire autrement; la main d'œuvre est chère; un paysan gagne dix francs par jour, et le blé ne se vend que quarante-cinq sous le boisseau de trente litres, environ neuf francs l'hectolitre ou la charge ; il faut donc se rattraper sur la quantité obtenue par les machines.

Vers Harrisbourg, nous voyons les immenses trains de pétrole arriver du côté de Pittsbourg, région du charbon et de l'huile. Il est conduit dans de grands cylindres de fer formant chacun un wagon et transporté à New-York pour être dépuré, mis en caisses de fer-blanc et envoyé en Europe.

Pour éviter ce transport, une compagnie a posé une ligne de tubes en fer, de Pittsbourg à New-York, sur quelques centaines de kilomètres ; on verse le pétrole à Pittsbourg, et on le retrouve à New-York et même à Brooklyn, puisqu'on a posé, sous la rivière, un siphon pour le faire arriver à l'autre bord. Le pétrole a donné une grande animation dans la partie nord de la Pensylvanie ; on y fait et défait les villes suivant que les puits abondent ou tarissent. A un certain endroit, dont j'oublie le nom, on trouva un puits abondant ; trois ans après, il y avait une ville de quinze mille âmes, avec plusieurs hôtels, plusieurs théâtres, églises, etc. ; le puits tarit, la ville contient à peine maintenant quelques centaines d'habitants !

Le train traverse une partie montagneuse assez pittoresque, qu'on appelle la Suisse américaine ; puis, nous arrivons à Elmira et ensuite, vers 7 heures du soir, au bord du lac Seneca où je m'arrête à Watkins pour y voir le fameux Glen. C'est un *Summer ressort* ou station d'été ; on y vient se reposer des affaires et du bruit des grandes villes. Le soir, à l'hôtel, un beau quatuor de violon, flûte, piano et orgue nous donne de la musique jusque bien avant dans la nuit. Le matin, à quatre heures, j'étais dans la profonde gorge de la montagne; la porte était fermée; j'escalade et j'arrive à pénétrer; et seul, je parcours le petit sentier au fond du ravin. Les parois de la montagne se resserrent et se rouvrent durant une heure. Un beau courant d'eau se joue en mille cascades et forme de larges bassins qui donnent envie de s'y baigner. On a placé des échaffaudages et des échelles pour aller jusqu'au bout, comme dans la célèbre gorge de Dioza que nous avons visitée au retour du Mont-Blanc. Je grimpe sur une montagne pour admirer le vaste et gracieux panorama du lac Seneca; je redescends par une colline boisée et parsemée de tombeaux, et, après trois heures de course, j'arrive à temps pour saisir au vol l'omnibus de l'hôtel. A sept heures, j'étais sur le steamer qui doit me porter à l'autre bout du lac. Je prends à la hâte mon déjeuner sur le bateau, puis j'admire les beaux coteaux plantés de vignes et un autre *glen* que traverse un pont de chemin de fer. Il me semble voguer sur le lac de Zurich. A onze heures, nous débarquons à Geneva, et là, après un lunch pris à la hâte, je prends le train qui me dépose le soir à Niagara falls, et je vais me loger à *Prospect House*, sur la rive canadienne, juste en face de la cascade. Les cinq grands lacs américains sont unis entre eux par des canaux naturels; l'avant-dernier, le lac Erié, sort par une rivière, appelée Niagara, pour se déverser dans le lac Ontario, mais cette rivière est divisée, en route, en deux branches, par une petite île, appelée *Goat Island* (île des chèvres), et se précipite tout entière de la hauteur de cinquante mètres avec un bruit étourdissant, et un nuage de poussière d'eau qui m'oblige de tenir fermée la fenêtre de ma chambre, pour ne pas être inondé. C'est vingt fois en grand la chute du Rhin à Schaffouse. On a jeté sur la rivière deux ponts suspendus; l'un sert au chemin de fer et porte sous lui un autre pont pour les voitures et les piétons. Il surmonte des rapides, tourbillonnant dans la rivière, d'un effet surprenant. L'autre pont, construit en face de la cascade, ne sert qu'aux voitures et aux piétons; la compagnie qui l'a construit, fait payer un schelling pour le traverser.

J'ai parcouru les différents endroits sur la rive américaine et canadienne d'où on peut admirer les meilleurs effets de la cascade; de magnifiques arcs-en-ciel se dessinent dans les nuages de poussière d'eau. Le soir on éclaire, à l'électricité, aux couleurs de l'arc-en-ciel; on dirait une rivière de feu se précipitant dans l'abîme. Sur le haut de la colline, côté canadien, les sœurs de Loretto ont construit un immense et magnifique couvent où elles ont soixante pensionnaires. En face, à quelques milles de distance, sur la rive américaine, les Pères lazaristes ont un séminaire et un collège. Belle pensée que celle d'élever la jeunesse en face d'un des plus majestueux spectacles de la nature!

C'était l'heure chaude, et je suis arrivé rôti. Je me suis muni d'un chapeau de paille et d'un pardessus en toile de Russie pour le chemin de fer, et le lendemain, samedi, 9 juillet, à midi, je reprenais le train qui devait me conduire à Chicago. Arrivés en face de la cascade, tous les trains s'arrêtent cinq minutes pour permettre aux voyageurs de contempler le grand spectacle. Moyennant un surcroît de 3 dollars, j'ai pris le Wagner Car, vu que j'avais à passer la nuit dans le train. La chaleur était suffocante : l'air que la vélocité nous envoyait était brûlant et nous remplissait de charbon, de poussière, de fumée. Le pays était plat et peu intéressant. Vers neuf heures, nous arrivons à Détroit; le train entre dans un immense bateau que la vapeur fait mouvoir et le dépose sur l'autre rive. La douane visite mes bagages et me rappelle que nous rentrons aux Etats-Unis. Je demande à dormir : les nègres préparent mon lit qui est comme ceux des bateaux à vapeur, deux fois plus grand. Les voyageurs se déshabillent derrière leurs rideaux et prennent leur repos. Le matin, nous passons au cabinet de toilette, puis au *dining-room* (wagon salle à manger) prendre déjeuner et, ainsi réconfortés, à neuf heures et demie, heure de Chicago, nous arrivons dans la grande ville du Centre.

Moyennant un surcroît de trois dollars, j'ai pris le Wagner-Car
(page 76)

CHAPITRE V

Chicago. — Le Stock-Yard. — Les Elévators. — La Union Pacific. — La Grande-Prairie.

Chicago est, pour l'ouest, ce qu'est New-York pour l'est, un immense Emporium ou marché commercial. En 1834, elle contenait deux cents habitants; elle en a maintenant six cent mille; en 1871, le feu y détruisit dix-huit mille maisons et mit cent mille personnes à la rue. Elle a été rebâtie dans de meilleures conditions. Toutefois, on voit que c'est encore une ville en construction; plusieurs rues ne sont pas encore pavées et on circule sur des trottoirs de bois.

Le Palmer-House, hôtel que j'habite, est un immense carré qui ressemble à une ville. Tout autour, sont de riches et grandes constructions, genre écossais, style Renaissance, destinées, soit au grandes compagnies, soit au service public. En arrivant, j'ai pu trouver M. Mac-Mullen, pour qui j'avais des lettres. Il était à dîner avec sa famille, et me fit peu attendre. Apprenant que je n'avais pas encore dîné, il me fit servir un *lunch* par sa gracieuse femme qui, tout le temps, m'appelait *brother* (frère). Je caressais ses six charmants garçons et fillettes; puis, nous voilà partis pour la maison des Petites-Sœurs des pauvres. Elles sont douze et toutes Françaises. La supérieure s'est rendue en France pour la retraite. C'est en France aussi que les novices américaines font leur noviciat. Ces admirables religieuses ne sont arrivées que depuis trois ans, et déjà elles ont construit une maison qui abrite cent vieillards, hommes et femmes, sur un terrain qui a coûté cent vingt mille francs. Elles sont heureuses de voir un Français, et de pouvoir parler la langue de la patrie. Le bon Mac-Mullen, qui leur a procuré ce plaisir, ne comprend pas un mot à notre conversation. Nous parcourons les salles, nous causons de la France, et nous prenons congé pour d'autres visites. Puis, M. Mac-Mullen me conduit visiter son entrepôt de bois, car il est à la tête d'une grande maison de commerce de bois. Le long de la rivière, sur l'espace de plusieurs milles, s'étendaient des piles énormes de planches qui arrivent ici toutes faites, des bords des quatre lacs, et sont pour la plupart transportées vers l'ouest et le Pacifique.

Après le dîner, mon aimable guide vient me chercher à l'hôtel avec sa voiture, et me conduit à la promenade, sur les bords du lac Michigan. Les voitures s'y croisent en tous sens. Nous poursuivons jusqu'au parc Lincoln ; de nombreux bateaux dans lesquels voguent des jeunes filles, se jouent dans les labyrinthes des lacs artificiels. Chicago possède douze de ces beaux parcs reliés entre eux par un superbe boulevard long de trente-huit milles. Ensuite, mon guide me conduit chez son frère, M. John Mac-Mullen, vicaire général de Chicago et nommé évêque de Davemport, dans le Iowa. Avec ce bon ecclésiastique qui a fait, durant cinq ans, ses études à Rome, nous pouvons parler italien. Des époux l'attendaient au salon. Le mariage étant entre protestant et catholique, il le bénissait chez lui. Nous le laissons donc à sa besogne pour nous rendre chez l'archevêque, mais il était absent ; je rentre alors à l'hôtel prendre un repos bien nécessaire, car la nuit précédente avait été passée en chemin de fer.

11 juillet.

Il me faut une heure d'omnibus pour arriver au fameux *Union-Stock-Yard,* avec une lettre de M. Mac-Mullen pour ses amis. Ceux-ci se mettent à ma disposition, et me font parcourir le vaste enclos qui peut contenir vingt-cinq mille bœufs, cent mille cochons, vingt-deux mille moutons et douze cents chevaux. Le commerce des animaux se fait ici sur une immense échelle; on paie un schelling à la Compagnie pour chaque tête d'animal reçu dans l'enceinte. Tous les jours, ils arrivent par milliers, sont vendus et partent dans toutes les directions. Mais des milliers aussi sont tués et préparés dans d'immenses usines qui entourent le parc. J'ai voulu visiter une de ces usines; c'est curieux, mais horrible. En quelques minutes, j'ai vu entrer des centaines de porcs; je les ai vus élever par une patte, égorger, tomber dans l'eau bouillante, passer sous la machine qui les racle, suspendus de nouveau pour courir le long d'un fer incliné, et garnir d'immenses salles, pour s'y refroidir. Dans d'autres salles, je voyais préparer les lards, les jambons, les saucissons, les boudins, les boîtes de fer-blanc, etc. Cinquante mille cochons sont ainsi tous les jours préparés; et, pendant qu'on les voit entrer au premier étage, par un plan incliné, à l'étage inférieur on les voit sortir en tonneaux et en caisses qui entrent dans les wagons, pour être transportés sur tous les points du globe. Tout cela se fait par la vapeur qui, au moyen de courroies, met en mouvement une infinité de machines. — Dans la même usine, on préparait les boîtes de conserve de bœuf, appelé *corned beef*. J'ai vu ces pauvres animaux poussés dans des cages étroites, recevoir une balle de carabine entre les cornes, tomber, être dégarnis de leur peau, dépecés, préparés et arriver par morceaux dans des boîtes soigneusement scellées, et, par grandes caisses, entrer dans les wagons qui les transportent partout. C'est par milliers que, chaquejour, ces maisons préparent ainsi les animaux. C'est ingénieux, mais le sang où j'ai dû patauger, l'horrible odeur, les cris d'agonie, m' ont laissé une telle impression que j'en suis encore tout bouleversé.

Quittons ce spectacle, et venons aux *Elevators*, une autre des curiosités américaines. Le commerce des bois et des animaux n'est pas le seul; celui des grains est tout aussi important. Toujours pour éviter des frais de main-d'œuvre, on a inventé d'énormes constructions, ordinairement en bois, de plus de cent mètres de haut. Les wagons arrivent à leur pied et versent le blé ou le maïs; une machine qui fonctionne à peu près comme nos *norias*, le prend et le porte à la partie supérieure de l'*Elevator* d'où il va dans une des centaines de chambres de la construction. Quand on veut charger un navire ou d'autres wagons, on n'a qu'à ouvrir une soupape, et ils se remplissent tout seuls. Chaque compagnie de chemin de fer a son élévator qui peut chaque jour décharger et charger des centaines de mille buschels (boisseaux) (1). Les dix-neufs elevators de Chicago peuvent contenir quinze millions et six cent mille boisseaux. Un vérificateur remet au propriétaire une déclaration constatant la quantité de boisseaux reçus par l'Elevator, et la qualité du grain; ordinairement celui-ci vend ce titre à des banquiers ou commerçants qui viennent en temps utile réclamer, non le même grain, mais une

(1) Trois buschels environ font un de nos hectolitres.

égale quantité et qualité comme font les prêteurs et emprunteurs pour la monnaie.

J'ai voulu connaître ici le prix de ces différents objets de commerce; le bois se vent à peu près moitié prix qu'en Europe. Le cochon sur pied se vend six sous la livre; le mouton de trois à cinq sous; le bœuf de trois à six sous; le cheval a presque le même prix qu'en Europe. J'ai vu ici des éleveurs qui ont, dans leur propriété, cinquante mille bêtes; quatre-vingts hommes suffisent à les garder, et reçoivent six francs par jour outre le logement et la nourriture.

Harbing's springs (Californie), 23 juillet 1881.

C'est le mardi 12 juillet, à midi, que je quittais à Chicago l'immense hôtel Palmer-House, par une chaleur de 40 degrés centigrades. A la gare, j'eus de la peine à retrouver mes bagages qu'un char séparé avait portés au magasin d'enregistrement. Comme j'avais plusieurs jours et plusieurs nuits à passer dans le train, je fis ce qu'on fait dans le bateau à vapeur; je m'installai de mon mieux dans mon compartiment. Je mets mes pantoufles et parcours le train pour voir mes compagnons de route. C'est une société bizarre qui va un peu partout. Un négociant de New-York se rend au Japon pour surveiller ses opérations dans les cinq ports ouverts. Sa compagnie y importe le pétrole et en rapporte le thé et la soie. Un Américain, grand et maigre comme un puritain, s'en va en Montana à la recherche de nouvelles mines. D'autres vont dans la vaste prairie inspecter leurs innombrables troupeaux. Plusieurs conduisent avec eux leurs femmes et leurs nombreux enfants, signes qu'ils changent de résidence. La moitié des Américains prennent à la lettre la parole qu'on est voyageur sur

Venons aux *elevators*, une autre des curiosités américaines (page 81)

cette terre et vivent un peu comme le Juif-Errant. Par exception, je trouve un jeune Français né en Algérie qui s'en va en voyage d'amateur, et six Allemands conduits par un entrepreneur de voyages qui, moyennant quinze mille francs (12 mille marks), leur fait faire le tour du monde; un jeune Suisse et le comte Nicolas de Zeebac, fils de l'ancien ambassadeur de Saxe à Paris, tous deux officiers de l'armée allemande, sont avec ce groupe. A peine le train a pris sa vélocité ordinaire qu'un orage épouvantable se déchaîne avec grand fracas de tonnerre. C'était bien nécessaire pour rafraîchir un peu l'atmosphère. Mon intention avait été de prendre à Chicago le train pour Saint-Louis, Kansas city et Denver. Je désirais visiter les montagnes du Colorado; j'y renonçai pour éviter le surplus de chaleur qu'on subit sur cette route plus méridionale. Bien m'en prit. Une bande de treize *desperados*, déguisés en voyageurs, près de Kansas, tua le conducteur et un monsieur qu'il prit pour le mécanicien; la malle fut volée et on se disposait à dévaliser les voyageurs, lorsqu'un serre-frein poussa la soupape du sifflet et arrêta le train; les voleurs se sauvèrent. Cela arrive quelquefois, surtout dans les nouvelles routes récemment ouvertes du côté du Mexique. Il y a là bien des gens qui vivent de cette sorte de métier. Mais le train continue sa marche rapide et bientôt nous traversons le Mississipi sur un long et magnifique pont de fer. Le lendemain, vers Arlington, le train s'arrête soudain; une collision venait d'avoir lieu entre un train de marchandises et un autre train; on jette hors la voie les wagons brisés et on continue, comme si rien n'était arrivé. C'est l'habitude dans ce pays!

Le lendemain de notre départ de Chicago, vers dix heures du matin, nous atteignons les rives du Missouri. A Council Bluffs, nous rejoignons un train d'émigrants; ils étaient neuf cents, tous des pays scandinaves. C'étaient des recrues pour les Mormons en route pour Salt-Lake-city. A Omaha et dans bien d'autres stations, le long de la route, il y a des bureaux pour la vente des terres. Deux compagnies eurent la concession du chemin de fer du Missouri à San-Francisco. La Union-Pacific devait commencer ses travaux à Omaha, et la Central-Pacific devait commencer à San-Francisco. Chaque Compagnie devenait propriétaire de la route faite par elle depuis le point de départ jusqu'à la jonction. La première avait une tâche plus facile et exécuta 1,033 milles pendant que la seconde en exécutait environ 883. La route, commencée en 1863, fut ouverte en 1869 et a coûté environs 180 millions de dollars, presque un milliard de francs. Le gouvernement a concédé aux compagnies une bande de terrain de la largeur de 20 milles sur chaque côté de la voie, soit 25 millions d'acres (environ 2 acres 1/2 font l'hectare), plus une subvention en argent de 20 mille dollars par kilomètre. Les compagnies vendent maintenant le terrain depuis 2 jusqu'à 8 et 10 dollars l'acre, et les capitalistes l'accaparent pour y établir des élevages de troupeaux ou pour le revendre plus cher. La Compagnie ne fait payer que moitié prix du voyage à ceux qui vont inspecter les lieux pour l'achat des terres.

Le premier jour et le jour suivant, dans le Nebraska, la prairie qui s'étend à perte de vue comme un océan sans bord, est verte, et l'herbe est haute; plus loin, on ne voit que des buissons sur une terre sèche et maigre. Vers le soir, nous voyons par-ci par-là, broutant le gazon, de jolies antilopes, des lapins, des poules, des chiens sauvages qui se sauvent à l'approche des trains. Mais nous ne voyons plus de buffalos ni de bisons; ils ont été repoussés plus loin. Par-ci par-là, aussi nous rencontrons des campements de troupes américaines. Elles sont logées dans des baraques, et tiennent en respect les Indiens encore assez nombreux dans ces parages. Ce n'est pas sans peine qu'on les a domptés; et, à tout instant, on nous signale les points sur lesquels eurent lieu, jusqu'à ces dernières années, de sanglantes batailles. Elles finissaient presque toujours par le massacre des Indiens; quelquefois par celui des Américains, lorsque, peu nombreux, ils étaient surpris par de fortes bandes d'ennemis; maintenant, ils sont tranquilles, et on les voit venir aux gares se montrer ou demander l'aumône; ils sont habillés à peu près à l'Européenne et portent des couvertures que leur donne le gouvernement. Les femmes portent leurs bébés ficelés dans un panier et suspendus derrière le dos; moyennant quelques pièces d'argent, elles les montrent aux curieux. Les Indiens voyagent gratuitement sur les plate-formes des wagons; les compagnies leur accordent ce droit pour les rendre bienveillants et les détourner de détruire les rails, mais il leur est défendu d'entrer dans les compartiments. Les Indiens respectent généralement les poteaux télégraphiques; ils croient que le Grand-Esprit parle en eux et en ont une crainte religieuse.

Les Américains nourrissent d'innombrables troupeaux dans ces prairies, et les éleveurs en retirent des profits considérables. On m'a cité un individu qui a acheté 4,500 têtes de bétail pour quarante mille dollars (200 mille francs), payables en quatre termes. La seconde année, il a payé avec le produit le second terme de dix mille dollars et les trois mille dollars d'intérêt. Aussi, des compagnies se forment, avec de grands capitaux, pour ces sortes d'exploitation. Il ne faut plus s'étonner si les bestiaux américains envahissent les marchés d'Europe. Les moutons ont aussi fait l'objet de spéculations, mais ils demandent plus de soin que les bœufs. Les premiers essais n'ont pas réussi, mais après qu'on eut eu recours aux bergers mexicains, habitués au métier, on a maintenant des milliers de moutons qui donnent de la bonne laine et d'excellente viande. Tous ces animaux sont en libre pâture. Deux fois par an, ils sont réunis sur certains points; chaque propriétaire vient reconnaître les siens, marquer ses nouveaux-nés qui suivent la mère, et prendre ceux qu'il désire vendre. A ces opérations, préside un individu, nommé le Capitaine. L'hiver, le bétail demeure aussi en libre pâturage, et cherche sur les points où le vent a balayé la neige, la maigre nourriture qui le fera vivre jusqu'au printemps. Quelques propriétaires, pour surveiller leur bien, viennent passer une partie de l'été, dans les petites cabanes perdues dans l'immense prairie. On m'a cité une dame américaine, poète et musicienne, qui habitait pendant plusieurs mois dans cette solitude. Avant l'introduction du chemin de fer, les charrettes et les diligences mettaient plusieurs mois à traverser la prairie, maintenant, on le fait en peu de jours. A Sydney, un embranchement conduit au nord, vers Montana, et dans deux années, il rejoindra le Pacifique par l'Orégon. A Cheyenne, dans le Wyoming, un autre embranchement conduit à Denver, dans le Colorado, et de là, descend vers le Mexique, pendant qu'une autre branche conduit à Lead-Ville, grand district minier. Vers Cheyenne, on commence à apercevoir les montagnes Rocheuses; elles ont plusieurs branches. Les premières, en face, sont appelées Black-Hills, ou montagnes noires, à cause de leur couleur sombre; à gauche, on voit les montagnes du Colorado, avec les sommets parsemés de taches de neige. Le train marche toujours, et on espère enfin rejoindre les montagnes; mais, vaine illusion; à la station de Summit, ou sommet, point où les eaux se divisent pour couler vers l'Atlantique d'une part, et vers le Pacifique de l'autre, nous sommes à une élévation 8,242 pieds, mais dans une immense plaine qui se perd à l'horizon. Vers le soir du troisième jour, nous arrivons à Ogden, d'où un embranchement part vers le nord, en Montana, et un autre vers le sud, à Salt-Lake-City. Les compagnies américaines multiplient ainsi les chemins de fer dans les solitudes et en retirent de bons profits, même sans subvention en argent ou en terres. Elles font de grands frais de publicité et de réclame pour amener des immigrants sur les nouvelles contrées. L'argent des voyageurs et le frêt des marchandises, qui est très élevé, leur donnent de sérieux bénéfices.

Les mines de métaux ou de charbon, les bois, les animaux fournissent aussi un aliment important au transport.

On cite des individus et notamment un nommé Jay-Gould, qui, venus ici avec rien, par les négociations en actions de chemin de fer, sont arrivés à des fortunes fabuleuses.

Nous voici à Salt-Lake-City, la ville des Mormons (page 91)

CHAPITRE VI

Salt-Lake-city. — L'Utah. — Les Mormons. — Le Central-Pacific.

Nous voici arrivés à Salt-Lake-City (ville du lac salé), la ville des Mormons. C'est le moment de les voir de près, de les étudier, et de s'en former une idée, la plus exacte possible. Il y a vingt ans, il n'y avait ici qu'un désert; maintenant, on peut voir une petite ville de vingt-cinq mille âmes tracée sur un vaste plan pour recevoir une population de plusieurs centaines de mille habitants. Selon la méthode américaine, les rues ont quarante mètres de large et sont bordées d'un ruisseau; elles sont plantées d'arbres et coupées à angle droit. Les maisons sont, en général, des petites cabanes d'un étage, en briques séchées au soleil. Quelques belles constructions s'élèvent par-ci par-là : c'est d'abord le grand magasin corporatif mormon, la Banque, le Théâtre et quelques jolies maisons de bois, appartenant, soit à de riches marchands mormons, soit à des mineurs qui ont fait de bonnes affaires. Les deux tiers de la population de Salt-Lake-City, sont Mormons; ils ont, en outre, dans la vallée, cent cinquante *settlements* (établissements), avec environ cent mille habitants.

Le mormonisme a été créé par Joseph Smith. Fils d'un fermier, il vint au monde le 23 décembre 1805, dans la ville de Sharon, comté de Windsor, Etat de Vermont. A l'âge de dix ans, il suivit ses parents à Palmira, Etat de New-York, puis à Manchester (New-York). A quatorze ans, il remarqua la confusion dans les croyances et se crut appelé à établir une foi nouvelle. Le 21 septembre 1823, il dit avoir eu une vision d'un ange qui lui déclara qu'il était choisi pour rétablir l'Evangile. Le 22 septembre 1827, il dit avoir reçu de l'ange le livre des Mormons gravé sur des plaques métalliques; il était écrit en langue égyptienne et il le traduisit pour servir à son Eglise qu'il appela l'Eglise des Saints des derniers jours. Le 6 avril 1830, il organisa cette Eglise dans la ville de la Fayette, comté de Séneca, Etat de New-York.

Là, il commença à prêcher et à ordonner. Ses pontifes fondèrent des Eglises en Pensylvanie, dans l'Ohio, dans l'Indiana, en Illinois et en Missouri. Dans ce dernier Etat, un grand *settlement* fut formé dans le comté de Jakson; mais en 1838, on les en chassa, après avoir brûlé leurs maisons. Dans tous les autres Etats, la vie des Mormons excitait le mépris et la haine; l'hypocrisie de leur chef était trop visible. De tout côté, on les chassait; c'est pourquoi, ils pensèrent à se transporter plus loin, au centre du désert. Au printemps de 1844, de Nanwoo (Illinois), J. Smith envoya des explorateurs dans les Montagnes Rocheuses, et, peu après, le 27 juin de la même année, il fut massacré avec son frère Hiram, dans la prison. Cent cinquante hommes masqués avaient ainsi résolu d'en finir avec le Mormonisme.

Après la mort de Smith, les Mormons élurent pour leur chef Brigham-Young, fils d'un voleur de chevaux. Cet homme, habile et intelligent, sut conduire les Mormons dans le désert de l'Utah. En 1847, accompagné de cent quarante-quatre pionniers et de trois femmes, il fit une reconnaissance sur les lieux, et en 1848, il y conduisit ses Mormons au nombre de quatre à cinq mille. Plusieurs moururent en route de faim et de fatigue. Ceux qui arrivèrent construisirent la ville de Salt-Lake et envoyèrent des émissaires dans toutes les directions pour recruter des adhérents. Partout ils furent repoussés avec dégoût. Alors, ils se sont organisés en société secrète, et au moyen de fallacieuses promesses, ils amènent tous les ans à Salt-Lake environ trois ou quatre mille victimes de toutes les parties de l'Europe. Au reste, ce n'est que la classe la plus abandonnée et la plus ignorante qui fournit leurs recrues.

Brigham-Young est mort, il y a quelques années, laissant dix-huit femmes et une cinquantaine d'enfants; il a eu pour successeur John Taylor, que j'ai voulu visiter. C'est un vieillard de soixante-cinq ans,

Brigham-Young sut conduire les Mormons dans le désert de l'Utah (page 93)

à figure intelligente, regard vif et scrutateur, un peu de barbe blanche sous le menton, à l'américaine, vêtement bourgeois. Il était dans son bureau, assis sur son fauteuil, avec une jambe sur le bras du fauteuil; autour de lui étaient cinq ou six individus qui l'appelaient Père et qui devaient être de ses évêques;

j'étais accompagné de ce jeune Français que j'avais rencontré dans le train. Nous passons nos cartes, Taylor ne bouge pas : malgré notre présence, il reste dans son inconvenante posture. Après quelques moments, il congédie ses évêques et s'approche de nous. Il parle si peu le français que la conversation dut se faire en anglais.

— Vous avez établi, lui dis-je, une religion, créé une ville, et j'ai tenu à visiter le chef de ces choses nouvelles et à le saluer.

— Je vous remercie, soyez le bienvenu.

— Combien de Mormons avez-vous dans la ville et combien dans le territoire?

— Nous sommes dix-huit mille dans la ville et cent vingt-cinq mille dans le «Territoire.» Nous avons droit à être un Etat, mais on ne nous accorde pas ce qui nous revient et on nous laisse *Territoire*. Pourtant, nous sommes d'honnêtes citoyens et de bons patriotes.

Nous eûmes ainsi une assez longue conversation; mais, le chef mormon trouva apparemment notre curiosité déplacée, car il prétexta des occupations nombreuses et nous congédia.

Nous avons marqué nos noms sur son grand livre des étrangers. Il nous a fait rédiger, par son secrétaire, une permission pour visiter le tabernacle et le temple, et nous avons pris congé pour passer au bloc voisin, visiter les établissements religieux. Le Tabernacle est une vaste construction ovale dont la toiture en bois ressemble à la moitié d'un œuf. La salle peut contenir douze mille personnes. La réflexion du plafond est si parfaite qu'une épingle jetée par terre laisse entendre le petit bruit dans tous les points de la salle. Un grand et bel orgue est à l'une des extrémités, et les Mormons le touchent avec habileté durant leurs offices. J'ai assisté, le dimanche, à un de ces offices. Pendant qu'un prédicateur débitait les arguments de la foi, un évêque bénissait le pain et l'eau qui étaient passés aux fidèles : du vin, on fait économie. L'office a lieu pendant l'été dans le grand Tabernacle ovale, et l'hiver dans un petit temple à côté, parfaitement chauffé à la vapeur. Le grand temple est en construction à côté des deux premiers; ses murs, en gros blocs de granit, ont un mètre et demi d'épaisseur, comme dans une forteresse. Ces murs s'élèvent déjà à soixante pieds de hauteur et doivent atteindre cent pieds; le sommet des deux tours aura une hauteur de deux cents pieds. De nombreux ouvriers y travaillaient; ils sont payés en nature au magasin corporatif. Ce jour là, le travail chômait : tous les ouvriers avec leurs femmes et leurs enfants étaient en partie de plaisirs au lac salé.

Les Mormons administrent les sacrements : ils n'ont pas l'extrême-onction, mais j'ai vu dans leurs magasins une quantité de bouteilles d'huile de Grasse. Ils m'ont expliqué qu'elle est destinée à l'huile consacrée qui doit guérir les malades.

Mon compagnon avait demandé à Taylor s'il avait beaucoup d'enfants; il éluda la question; probablement il ne les a jamais comptés. Le conducteur qui nous faisait visiter le Temple, nous dit que son chef avait six femmes. Les Mormons ont honte de paraître tels aux yeux de l'étranger; ils nient volontiers leur qualité. Ils veulent faire croire que le petit nombre est polygame; mais, la réalité est que les chefs poussent à la polygamie; car, lorsqu'un Mormon n'a qu'une femme, il lui est facile de se retirer et de rentrer dans la voie des peuples civilisés; mais s'il a plusieurs femmes, cela lui est presque impossible. L'individu qui veut prendre une seconde femme demande le consentement de son évêque (les évêques sont environ trois cents). Celui-ci requiert le témoignage de trois personnes déclarant que la mariée est d'un bon caractère; puis, il fait sa demande au père de la future, et ensuite à la future. Il doit aussi avoir le consentement des premières femmes; mais, quand il est refusé, on passe outre. Le même individu peut épouser plusieurs sœurs aussi bien que la mère et la fille. Chez le Mormon comme chez le Turc, la femme est si bien la chose de l'homme que si elle s'oublie et se permet un peu de cette liberté que son mari prend en abondance, « *shall be destroyed* : qu'elle soit détruite », dit Smith dans sa prétendue révélation. Si elle n'est pas soumise et obéissante à son mari, « *shall be destroyed* », dit encore le prétendu prophète.

Ceux qui vivent à Salt-Lake-City depuis longtemps et qui ont pu voir de près ce qui se passe dans les familles, sont d'accord pour dire que ces familles, — si famille il y a, — sont profondément malheureuses. La nature de la femme reste la même; la jalousie empoisonne son cœur. Les querelles parmi les enfants, allument les querelles parmi les mères. Une photographie qu'on vend en cachette à Salt-Lake, représente un groupe de femmes se battant et se déchirant des ongles, en présence d'une masse de marmots qui pleurent : et le mari contemple ce spectacle du haut de son lit, la pipe à la bouche; c'est la réalité, et si ces scènes se passent dans les maisons et en dehors du public, c'est que la honte pousse les adeptes à cacher ces misères. J'ai acheté et parcouru le livre des Mormons : c'est une espèce de contre-façon de la Bible, un galimatias impossible à inventer.

Sous le rapport matériel, le mormonisme n'est qu'une vaste entreprise commerciale qui rapporte à ceux qui l'ont montée, de remarquables profits (1). Ils perçoivent la dîme de tous les produits indistinctement, et de toutes sortes de revenus; et, pour une population de plus de cent mille travailleurs, cela doit donner aux trois cents évêques de beaux millions de bénéfices! Aussi, ils font des efforts pour maintenir et augmenter la secte, et ils sont quelques mil-

(1) Avec beaucoup d'habileté et d'intelligence, les chefs mormons ont su utiliser au profit de leurs adeptes toutes les inventions modernes des machines perfectionnées, et toutes les ressources de l'association; et c'est là une des causes de leur succès. Tout pouvoir dirigeant bien entendu comprendra que l'homme a une âme et un corps et qu'il faut s'occuper de l'un aussi bien que de l'autre. Une des causes de leur succès est le système de patronage à divers degrés. L'administration récrée souvent les ouvriers qu'elle emploie, par des promenades en famille, à la campagne; les évêques ont juridiction sur un petit groupe de population et veill nt à ce que tout le monde soit content; les *elders* et autres dignitaires veillent sur des groupes plus petits et s'efforcent de faire régner le bon ordre.

liers d'elders (les anciens) qu'ils appellent *minutemen* (hommes qui doivent obéir sur l'heure, et se rendre partout où on les enverra, pour faire des recrues).

C'est une honte pour les Etats-Unis de tolérer un semblable nid de tripoteurs. Tout le monde le sent, et on dit que la plus belle part du profit, tous les ans, s'en va dans les mains des hommes publics, chargés de mettre bon ordre à cet état de choses. On parle d'une nouvelle loi qui va être proposée et qui sera la fin du mormonisme. En attendant, on est obligé de surveiller ce petit peuple. A quelques milles de Salt-Lake-City, un camp de troupes américaines siège en permanence. S'ils le pouvaient impunément, les Mormons se jetteraient volontiers sur ce qu'ils appellent les *païens* (les chrétiens non polygames). Ils l'ont fait autrefois à plusieurs reprises, et un de leurs évêques a été pendu, il y a quelque temps, pour avoir dirigé le massacre et le vol de plusieurs caravanes.

Mais plusieurs sont indulgents en disant que, en fin de compte, ce petit peuple a colonisé et fécondé un désert. Là encore, on ne considère pas que, sans leur présence, l'Utah aurait maintenant quatre fois plus de population; les terres y sont bonnes, et en partie arrosables; les mines abondent, et si l'émigrant s'est éloigné d'ici, c'est par la crainte des traitements que les Mormons ont fait subir aux premiers qui les ont approchés. Mais les chemins de fer arrivent, et avec eux le monde civilisé. Bientôt ces pauvres Mormons ne tiendront pas devant le mépris public, et déjà, ils parlent d'un nouvel exode. Ils viennent d'acheter quatre cent mille acres dans le Mexique; et là, en dehors des frontières des Etats-Unis, ils comptent faire leur nouvel établissement, le jour où leur demeure actuelle sera devenue impossible; reste à savoir si les populations du Mexique les supporteront mieux; quant aux *desperados* (brigands), les Mormons paraissent peu les craindre, étant eux-mêmes *desperados*, au besoin, à un plus haut degré.

L'archevêque de San-Francisco, qui a dans son diocèse l'Utah, n'a pas manqué de faire sentir dans la Vallée des Mormons l'action catholique. Les sœurs de Sainte-Croix, au nombre de douze, tiennent une école à Ogden. Elles sont douze à diriger l'hôpital à Salt-Lake-City, et dans cette dernière ville elles possèdent un pensionnat qui compte soixante élèves, et un externat qui en reçoit cent cinquante. Ces sœurs sont parties originairement de la maison-mère du Mans, en France; maintenant, elles ont une branche américaine avec une maison-mère dans l'Indiana; elles se dévouent à toutes les œuvres de charité.

Il y a peu de catholiques dans Salt-Lake-City; ce sont donc les juifs, les protestants, les Mormons, qui envoient leurs enfants aux sœurs. La religion mormone fait sévère défense à ses adeptes de communiquer avec les païens, comme ils nous appellent, et de se servir de leurs écoles, mais les Mormons riches, qui peuvent se passer de leurs évêques, se moquent de leur prohibition et tiennent à bien faire élever leurs enfants. Au commencement, les Mormons n'avaient pas d'écoles; ils ne tiennent pas à l'instruction ; ils les ont créées lorsque les protestants et les catholiques ont introduit les leurs. Il en a été de même pour le théâtre ; Brigham-Young en a construit un pour prévenir la construction d'un théâtre par les protestants. Les Mormons n'ont pas d'hôpital; leurs malades pauvres sont obligés d'aller à l'hôpital catholique, où ils sont bien soignés. J'ai visité cet établissement, installé dans une petite maison de location : les femmes n'y ont qu'une baraque de bois; mais un hôpital convenable et vaste est maintenant en construction. J'ai trouvé, dans l'hôpital actuel, bon nombre de mineurs; l'un d'eux, Piémontais, a été heureux d'entendre parler sa langue ; dans une mine de plomb argentifère, il avait attrapé la maladie du plomb, qui durcit le ventre et fait mourir si on ne cesse à temps. Il gagnait quinze francs par jour; mais, comme presque tous ses compagnons, il faisait souvent la noce, et se trouvait sans argent. Un autre ouvrier était des environs de Sisteron et désirait ardemment revenir en France; il avait fait deux ans l'horloger à Nice, et faisait dernièrement le boulanger à Ogden

Il y a peu de temps, une compagnie française a acheté ici une mine de plomb argentifère, dans les environs, au prix de dix-sept millions et quatre cent mille dollars. Tout le monde s'est moqué de ces bonnes gens et de leur marché. Les propriétaires avaient *salé* la mine. C'est une expression qui indique la tromperie, pratiquée de la manière suivante : on réduit en poudre des pièces d'argent, et on la sème dans les divers endroits que l'expert doit parcourir; celui-ci, trouvant une forte dose du précieux métal, croit la mine riche, la Compagnie, sur son rapport, la paie bien, et le tour est joué. J'ai trouvé à Salt-Lake un nommé Marion, fils d'un paysan de l'Orne, venu ici, il y a vingt ans. Il débuta par conduire le *Freight,* transport des marchandises, par char à bœufs, à travers la vaste prairie. Ses voyages duraient des mois et des années, mais il était bien payé, et il a pu amasser de l'argent, parce qu'il avait de l'ordre et du bon sens. Il nous a entretenus longtemps sur les aventures fort émouvantes de ses voyages sur les frontières du Mexique. Dans une de ces circonstances, il fut pris par un *desperado* (brigand), qui allait le tuer, lorsque d'autres desperados lui persuadèrent de le laisser vivre : un d'entre eux, dans une station de la grande-prairie, avait eu autrefois la vie sauvée par Marion, à l'occasion d'un vol suivi d'assassinat. Marion, étant chef du jury, s'était mis du côté de la non culpabilité, et avait donné la vie à ce brigand qui, dans cette occasion, la lui rendit. Ce nid de brigands, posté sur la route, comptait huit assassins et une femme. Dans trois mois, ils avaient tué et dévalisé cinq cents voyageurs, et accaparé quatre mille têtes de bétail. Un comité de vigilance se forma enfin; soixante hommes vinrent cerner le repaire, et tuèrent les brigands qu'on laissa pourrir au soleil. Marion a maintenant de belles propriétés à Denver (Colorado), et vient de se faire mineur; il a acheté à Salt-Lake une mine qu'il est en train d'exploiter, et il espère la vendre un million de piastres (5 millions de francs). Avant de quitter Salt-Lake, j'ai voulu aller prendre un bain à une source salée sulfureuse, située aux environs, et une autre dans le lac Salé. L'eau de celui-ci est transparente et bleue comme celle de la Méditerranée; le fond est sablonneux, mais l'eau est si saturée de sel, qu'on surnage facilement; la tête et les épaules restent hors de l'eau, comme à la Mer morte. Toutefois ici l'eau n'a le goût que du sel, tandis qu'à la Mer morte, elle est amère, d'un goût fétide et insupportable.

Le 17 au soir, je quitte Salt-Lake, et à Ogden, je retrouve le train du Central-Pacific qui, dans deux jours, doit me conduire à San-Francisco. La route traverse une plaine d'un sable si fin, que le vent en remplit les wagons, les yeux, le nez et les oreilles. Il faut donc se résoudre à marcher, les vitres fermées, par une température de 45 degrés centigrades. On voit parfois, dans la plaine désolée, quelques plantations qui réjouissent, comme une oasis. Ce sont des pionniers qui ont élevé là leurs cabanes et utilisé quelques cours d'eau. Comme dans le Sahara, le désert devient ici fertile, aussitôt qu'on peut l'arroser.

Le soir du second jour, nous arrivons à Reno, au pied de la Sierra-Nevada. Là, je comptais passer la nuit pour voir le lendemain le tracé du chemin de fer à travers les montagnes; mais le train du jour a été supprimé, et je continuai ma route. La seule partie du chemin qui passe dans les montagnes se fait donc de nuit, et le voyageur, qui croit enfin jouir des scènes alpestres, ne voit tout le temps que des plaines interminables. A Reno, un embranchement conduit à Virginia-City, où un grand nombre de mines sont en exploitation. C'est aussi de Reno ou de Truckee qu'on part pour visiter le lac Tahoe, qu'on dit un des plus beaux du monde; mais, les Américains sont si habitués à exagérer les beautés de leur pays, que je commence à devenir incrédule, et j'ai suivi ma route. Le matin, je me suis réveillé au milieu de magnifiques champs de blé. L'air nous apportait la brise de mer; nous étions dans un pays nouveau et dans une meilleure atmosphère. C'est la Californie, pays de l'or. Les vignes, les figues, les oliviers, les poiriers, les pêchers, les abricotiers font croire que nous sommes dans le midi de la France. Bientôt apparaît le vaste dôme de Sacramento. Cette ville de 40,000 habitants, située sur le Sacramento, est la capitale de l'Etat de Californie. Le train continue sa route et, à Benicia, il entre dans un bateau pour être transporté à l'autre bord; puis à onze heures, nous atteignons Oakland, sur la baie de San-Francisco. Là, on quitte le train pour entrer dans un *ferry* qui, dans vingt minutes, nous dépose sur le quai de San-Francisco.

San-Francisco est pour l'ouest, ce que New-York est pour l'est (page 105)

CHAPITRE VII

San-Francisco. — Les Chinois. — La Californie. — Harbin's Springs. — Le Pacifique.

San-Francisco est pour l'ouest ce que New-York est pour l'est et Chicago pour le centre : une immense ville qui centralise le commerce de la contrée. Elle est toute jeune et ne date que de 1848, et déjà elle compte 300,000 habitants.

Quand les Américains choisissent l'emplacement d'une ville, ils la tracent d'une pièce, pour cinq cent mille ou pour un million d'habitants, avec larges rues et interminables avenues. Souvent, il n'y a qu'une maison sur une rue de plusieurs kilomètres, et le terrain entre les rues est inculte, quelquefois cultivé. Mais on a l'avantage que les habitants, continuant d'arriver, ont une ville régulière et commode. Les premières constructions sont en bois, et souvent elles ne sont guère plus vastes que nos grandes cabines de bains sur les plages de la Méditerranée. Rien d'étonnant donc qu'on transporte parfois ces maisons d'un quartier à un autre. Avec le temps, les capitaux arrivant dans la ville, on élève de belles constructions de pierres ou de briques et quelquefois de fer. A San-Francisco, on bâtit un immense hôtel de ville avec de belles et grandes colonnes de fonte; elles coûtent moins que des colonnes de pierre.

La contrée étant riche, tous ceux qui ont gagné de l'argent dans les mines ou dans l'agriculture, viennent séjourner à San-Francisco. Le climat, d'une température presque constante, n'y est jamais trop chaud, jamais trop froid. La ville bâtie sur une presqu'île, reçoit l'été une forte brise, et on voit en ce moment les gens avec le paletot de demi-saison; l'hiver, le soleil échauffe de ses rayons éblouissants, et la neige et la glace sont inconnues ici; mais on voit parfois un léger brouillard qui voile l'admirable panorama. Le climat, étant à peu près celui de Nice, il a les mêmes avantages, il a les mêmes inconvénients; les nerfs travaillent trop sous l'influence de l'air marin et du soleil qui développent l'électricité, et les gens se plaignent de se trouver souvent énervés. Par contre, il est très salutaire pour les vieillards et les enfants, et pour tous ceux qui ont besoin d'être excités.

La baie de San-Francisco est plutôt une petite mer intérieure; toutes les flottes du monde s'y trouveraient à l'aise. La ville est tracée sur un terrain onduleux. Plusieurs rues sont si rapides que les voitures ne peuvent les gravir, mais les Américains, qui ne connaissent pas d'obstacle, ont construit des tramways particuliers qui les montent et les descendent constamment, sans l'aide des chevaux. Une machine à vapeur, postée dans un site central, fait tourner sans relâche un câble d'acier qui monte et descend sans interruption dans un canal, le long de toutes les rues; la locomotive a une pince qui passe dans une rainure de deux centimètres et prend ou laisse le câble, et ainsi, monte ou descend avec lui; un wagon, attaché à la locomotive, contient les voyageurs. La locomotive elle-même a le conducteur au centre, et des bancs latéraux reçoivent les voyageurs, qui peuvent ainsi se promener en plein air et jouir de la vue. Lorsque la locomotive veut s'arrêter, le conducteur ouvre la pince et lâche le câble pendant qu'il serre le frein; elle peut ainsi être arrêtée à volonté sur toutes les pentes. Dans les parties un peu plus éloignées de la ville, c'est une vraie locomotive à vapeur qui traîne le wagon des voyageurs, en sorte que, pour cinq sous, vous montez à la basse ville dans un tramway à chevaux qui continue sans chevaux dans les rues rapides, et ensuite par la vapeur jusqu'au parc en dehors de la ville.

Si Washington renferme soixante mille nègres, San-Francisco contient quarante mille Chinois. On les rencontre partout avec leur longue queue pendant jusqu'à terre, ou roulée autour de la tête. Comme les Arabes, ils rasent une partie de leurs cheveux et ne laissent qu'une mèche, à laquelle ils ajoutent des crins, pour faire une belle queue. Ils n'ont pas de barbe, comme toute la race jaune, et comme les Indiens de ces contrées. Les Chinois font ici les domestiques, les paysans, les porteurs; mais, surtout, ils ont la spécialité de lessiveurs et repasseurs. Ils tiennent dans leurs quartiers de nombreuses boutiques de détail; quelques-uns sont marchands de riz ou de thé, et ont réalisé de belles fortunes. J'ai voulu voir de près ces Chinois que les Américains détestent si cordialement. J'ai demandé au chef de police un *policeman* qui, le soir, m'a conduit dans les réduits les plus immondes, par des ruelles d'un mètre de large. On pénètre par des couloirs de cinquante centimètres, dans des maisons de bois où les *coolies* sont entassés comme dans les bateaux à vapeur. Ils dorment sur des étagères de planches; les rats vivent avec eux, comme chez nous les chats, et leur fournissent un mets favori. Sur ces planches, ils fument l'opium qui les enivre. Nous entrons dans une maison de jeu : à peine le *policeman* est aperçu que les sapèques disparaissent de la table et sont remplacées par des jetons. Les joueurs attablés tiennent en main de petites cartes de trois centimètres de large, sur dix centimètres de long; elles contiennent force points noirs et hiéroglyphes et sont au nombre de quatre-vingts par jeu. Un fumeur nous explique tout le travail nécessaire pour préparer la pipe d'opium, et nous en montre pratiquement le fonctionnement. Les quelques bouffées de fumée qu'il en tire, remplissent la salle d'une vilaine odeur.

Les Chinois tiennent dans leurs quartiers de nombreuses boutiques (page 108)

Nous allons, ailleurs, dans des restaurants populaires. Les Chinois y mangent avec leurs bâtonnets, le riz et des saucisses de chats et de chiens. Nous passons plus loin et montons dans un club de riches marchands. Ils sont attablés, et, tout en mangeant, ils jouent un jeu qui ressemble exactement à la *morra* des Italiens. Ils font un bruit étourdissant qu'ils continuent devant nous, sans aucune gêne. Nous sortons de là pour entrer dans leur temple. Des statues en bois représentent de gros géants assis, qui sont leurs dieux. Ils ont à côté, l'image d'un grand serpent ou d'un autre monstre ailé : c'est aussi un dieu. Les chandeliers sont à droite et à gauche, et des bâtonnets d'encens brûlent sur l'autel. Derrière, dans un autre compartiment, même répétition. Ici, un employé écrit en chinois, avec un pinceau qu'il trempe dans l'encre; il le tient par la paume de la main, et trace avec dextérité et rapidité des hiéroglyphes, du haut en bas; chaque hiéroglyphe indique le nom d'un des fidèles, son adresse et sa cotisation.

Nous continuons notre route et arrivons au théâtre. Mille spectateurs demeurent ébahis devant quelques acteurs grimaciers qui exécutent leur mimique avec accompagnement de musique sur quatre instruments monotones et insupportables. L'un gratte une corde de violon qui donne un son criard; l'autre bat sur un plat de métal, un troisième souffle dans une flûte et un quatrième frappe avec des bâtons de fer sur une espèce d'enclume. Les acteurs, tantôt chantent, tantôt parlent, mais le plus souvent font des grimaces. La représentation commence à six heures du soir, et la police la fait cesser à minuit; mais elle continue le lendemain et dure parfois trois ou quatre jours. Les rôles de femmes sont remplis par des hommes habillés en femmes. Dans la salle, le beau sexe occupe des galeries réservées. . . . .

En vérité, tout ce qu'on voit ici des Chinois donne raison aux Américains, qui voudraient se débarrasser d'eux. Ils disent que le Chinois est voleur et menteur. Il travaille à bon marché, c'est vrai, mais il ne laisse pas un sou dans le pays. Quand il a amassé un peu d'argent, il rentre chez lui; il ne conduit ici ni sa femme ni ses enfants : il veut demeurer et demeure étranger, gardant sa religion et sa nationalité. Patient, laborieux, il possèderait bientôt le pays, pour le chinoiser, si on n'y mettait obstacle. Les Etats-Unis viennent de faire, avec la Chine, un nouveau traité qui les autorise à ne recevoir des Chinois, que le nombre dont ils ont besoin et de refuser le surplus; ils vont ainsi mettre un terme à l'immigration de ce peuple singulier. Il faut croire que ce n'est pas ce qu'il y a de mieux en Chine qui émigre ici, et que, lorsque je serai dans le Céleste Empire, je pourrai voir des Chinois meilleurs.

Mais laissons pour le moment les Chinois et parlons de la population chrétienne. Sur 300,000 habitants, San-Francisco compte cent cinquante mille catholiques de diverses nations. L'archevêque est un vieux dominicain espagnol, plein d'énergie. Les Italiens sont les derniers ici à construire leur église : les fondations sortent de terre. Les Espagnols ont la leur et les Français aussi. J'ai trouvé à sa tête un prêtre des Basses-Alpes, qui m'a paru fort respectable. Les sœurs de Saint-Vincent de Paul dirigent un hôpital; mais les Lazaristes sont à Los-Angeles, à trois cent mille dans le sud.

Le navire qui devait partir le 2 août pour Yokohama, ne partira que le 6. J'ai pensé à chercher une retraite dans quelque station de bains, pour me reposer et rédiger mes notes du voyage. Le 21, je suis donc parti pour White Sulphur Springs, à trente ou quarante milles de San-Francisco, dans la Napa-Valley. Cette vallée est magnifique, couverte d'arbres fruitiers, et de toutes sortes de cultures; elle est traversée par un beau cours d'eau et ressemble assez à la belle vallée de Grésivaudan, en Dauphiné, mais les montagnes ou collines latérales sont plus sèches.

Le soir, à sept heures et demie, j'apprends à la petite ville de Sainte-Helena que, cette année, l'hôtel des bains à White Sulphur Springs, n'est pas ouvert. Je passe la nuit à Sainte-Helena, dans un hôtel en bois. La température est brûlante. Le 22 au matin, je traverse la plaine, je parcours un joli vallon et, après une heure, j'arrive aux bains. C'est l'eau de Berthemont, dans nos Alpes, et j'y aurais volontiers fait une saison. En sortant du bain, je remarque un petit lézard à queue brillante, il saute sur un lézard ordinaire, trois fois plus gros que lui, et le pique; ce dernier expire à l'instant, dans de violentes contorsions. J'appelle le baigneur pour lui montrer ce que je viens de voir; il me dit : « *it is the junping lézard, it is poisonous* (c'est le lézard sautant, il est venimeux); sa morsure, en effet, est terrible comme celle de la vipère; les gens qui en sont mordus, meurent aussi, s'ils n'emploient immédiatement l'opium ou l'incision.

Au retour, dans les branches de la forêt, de gentils oiseaux folâtraient par vols nombreux, pendant que des oiseaux jaunes ou rouges, inconnus sur nos plages, parcouraient les arbres en tous sens. Les lapins traversaient quelquefois le chemin, et j'ai pu me convaincre qu'un chasseur trouverait ici à bien employer son temps. Je pousse plus loin, prends le train et arrive à Calistoga. J'inspecte les eaux, elles ne sont bouillantes qu'à cent degrés; de soufre, pas de trace (1). Je monte en diligence, et après cinq heures de route à travers les montagnes, dans un chemin où six chevaux peuvent à peine nous traîner, au milieu d'une poussière étouffante, par une température de quarante degrés, j'arrive enfin à Harbin's Springs. Le long de la route, des buissons à feuille rouge, me paraissent le fustet qu'on emploie chez nous pour la teinture jaune; je veux en prendre; un pharmacien, qui est dans la voiture, me met en garde : c'est le *poisonous oak* (chêne vénéneux), me dit-il, si vous le touchez ou le sentez, vous serez empoisonné. — Merci!

Les énormes pins ou sapins ont leur écorce, du haut en bas, criblée de trous : c'est le *vood peacker*, espèce d'oiseau intéressant qui pense à l'hiver; avec son bec, il fait ces trous, et dépose dans chacun un gland qu'il prend au chêne voisin. Nous voyons aussi bien des arbres nouveaux, et surtout celui que les Espagnols appellent le *madronio* et les Américains,

(1) Il y a aussi à Calistoga une source, appelée Chicken broth (bouillon de poulet) qui a le goût parfaitement conforme à son nom.

madron ; il ressemble par ses feuilles au *phytolaca,* mais il a le bois très dur.

A peine arrivé, je cours aux sources. Elles portent des titres pompeux : ici, *iron-water,* là, *arsenic-water,* ailleurs, *sulphur-water.* Je les goûte ; elles sont chaudes à soixante degrés, mais n'ont jamais vu ni soufre, ni fer, ni arsenic, et n'agissent que par leur température, contre les rhumatismes. La température est brûlante. Les quelques maisons de bois qui composent l'établissement, gisent au fond d'un amphithéâtre, comme dans un entonnoir. Ce n'est donc pas ici un bon endroit pour se reposer ; j'y passe néanmoins le samedi et le dimanche, mais, ensuite, je vais reprendre le chemin de San-Francisco. Là, je me reposerai quelques jours pour recueillir les forces nécessaires à l'excursion de *Ysemity valley,* qui prend huit ou dix jours (1), puis je continuerai ma route vers Yokohama, où je serai à mi-chemin de mon voyage.

Avant de quitter San-Francisco, j'ai visité quelques-uns de ses établissements. Le collège des Pères donne l'instruction à six ou sept cents élèves. Dans ce pays de l'or, le plus grand nombre suivent les cours commerciaux. Les Pères, toujours ingénieux, ont placé dans la classe, une boutique et une banque avec tous leurs accessoires, pour faciliter l'explication aux élèves qui, au reste, semblent nés pour comprendre tout ce qui est *business* (affaires). Quelques-

(1) Par suite d'un peu de fatigue, je dus renoncer à cette intéressante excursion.

uns suivent les études pour les carrières libérales, et reçoivent au collège leur brevet, après examen sérieux. Le collège possède un des plus riches cabinets de physique et de chimie, et une belle collection d'histoire naturelle. Non loin de là, les Frères de la Doctrine chrétienne dirigent un vaste établissement d'éducation.

A une lieue de San-Francisco, sur une colline dominant la baie, les sœurs de Charité possèdent une grande maison, vrai palais, à quatre étages, et tout en bois. Les tremblements de terre, fréquents dans ce pays, font préférer ces sortes de constructions, qui résistent aux secousses, tandis que les maisons de briques s'écroulent. Les sœurs, dans leur établissement, appelé *Mount-Saint-Joseph* (Mont Saint-Joseph), ont soin de quatre cents orphelines, de six à quatorze ans. Un peu plus loin, dans une autre maison, elles soignent quatre cents bébés, de un jour à six ans. A l'autre bout de la baie, à Saint-Raphaël, un prêtre réunit autour de lui plusieurs centaines d'orphelins. L'Etat de Californie fait les frais des deux établissements.

Dans ce pays des mines, j'ai tenu aussi à visiter le *Mint* (la Monnaie). De nombreux ouvriers y sont occupés à fondre l'argent et l'or, à le purifier dans les creusets, à le laminer sous les cylindres, à le découper et à lui donner l'empreinte. Soixante-dix femmes éprouvent les pièces, pendant qu'une quantité de contrôleurs remplissent des registres. Dans une seule salle scellée, étaient entassés douze millions de dollars argent, pesant deux cents tonnes, soit deux cents mille kilogrammes.

J'ai aussi visité Oakland, en face de San-Francisco, au-delà de la baie. Cette petite ville grandit à vue d'œil; il y a peu d'années, elle avait quelques cabanes, elle compte maintenant quarante mille habitants. Ici, comme à New-York et dans toutes les grandes villes, les familles fuient la *crowded town,* la ville bruyante, pour avoir plus loin, la maisonnette et le jardin pour les enfants. A Tamescale, au-delà de Oakland, j'ai rendu visite à M. Zacharie Montgomery. Cet avocat de talent se dévoue tout entier à un grand apostolat. Il s'en va de ville en ville, donnant des conférences sur l'éducation et publie le *Family defender*, revue mensuelle qui soutient sa thèse et la propage. Il m'a admis dans son intérieur : son fils aîné sera *farmer* (agriculteur-rentier), le second étudie; des trois charmantes jeunes filles, deux faisaient les honneurs de la table, pendant que la troisième était auprès de sa mère souffrante.

Au retour d'Oakland, j'ai parcouru Alameda, autre partie de la plage qui borde la baie. De nombreux et vastes bains de mer réunissent des milliers de baigneurs; des jeux de gymnastique, des tonneaux flottants permettent aux plus forts de faire valoir leurs prouesses. Beaucoup de *ladies* étaient là en spectatrices. Autour des bains, des jeux chinois, des tirs au pistolet, des cirques, des musiques de toutes sortes; on se croirait à une foire de Saint-Cloud.

Enfin, me voici à bord du *City of Tokio* (ville de Tokio). Californie, adieu! . . . .

Des masses de Chinois encombrent le navire : ce sont des amis qui accompagnent des amis. Quelques minutes avant deux heures, un gros Chinois parcourt le pont, frappant sur un disque de métal, c'est le tam-tam; tous ceux qui ne sont pas passagers s'empressent de partir, et à deux heures précises, le navire se meut. Les mouchoirs flottent à terre et flottent à bord, tant que l'œil peut les apercevoir; puis, nous contournons la presqu'île sur laquelle repose San-Francisco. Cette presqu'île, longue de plusieurs lieues et large de deux, est une succession de collines de sable mouvant. Les premiers chercheurs d'or posèrent au milieu de ces collines les premières cabanes, et maintenant on y voit une grande ville de 300,000 habitants. Les mines sont en baisse, en ce moment; les gros filons sont épuisés; c'est pourquoi, les beaux jours pour San-Francisco ont fini aussi. On m'a cité de petits magasins qui se louaient cinq mille francs par mois; la plus petite monnaie était la pièce de dix sous; depuis peu, on a introduit celle de cinq, mais d'autres plus petites sont inconnues. Le moindre objet, un fruit, un journal ou une allumette coûte cinq sous.

Le navire marche, il passe devant le fort qui domine l'entrée, et arrive à *Golden gate* (portes de l'or). A gauche, nous voyons les trois rochers, en face de l'hôtel, renommé pour ses huîtres, et appelé le *Cliff house*. Là, des centaines de veaux marins, qu'on appelle ici *see-lyons* (lions de mer), et qui ne sont que des phoques, prennent leurs ébats. Quelques-uns s'avancent vers nous ; ce sont de gracieux amphibies à l'œil doux, les uns noirs, d'autres blanchâtres, quelques-uns roux comme des veaux.

Selon mon habitude, je parcours le navire en long et en large, et je pénètre partout ; il faut bien connaître la maison qui nous porte. Plus de passagers que je ne croyais ; bon nombre de dames. Deux d'entre elles, mère et fille, sans autre compagnie que leur courage, font le tour du monde. Je retrouve mes officiers allemands que j'avais rencontrés à Ogden ; ils font aussi le tour du monde. En vrais militaires, ils observent les canons, les forts et tout ce qui a rapport à l'art de la guerre. Est-ce que Bismark méditerait de s'annexer la terre ? Il devrait se dépêcher, car la terre se l'annexera un beau jour.

Ma cabine est vers le centre. J'ai pour voisins trois Chinois aux habits plus curieux que d'habitude : ce sont des attachés de l'ambassade chinoise à Washington, qui rentrent dans leurs foyers. Est-ce par suite d'un changement ou par suite de la fin d'une mission temporaire ? je ne sais. J'ai déjà longuement questionné l'un d'eux, il parle un peu l'anglais ; il a habité trois ans Washington. Il est possible que nous fassions route ensemble jusqu'à Pékin.

Le fils du Ciel vient de retirer les étudiants chinois qu'il entretenait en Amérique ; il trouve qu'ils y prennent trop les idées libérales, et que ces idées, propagées dans le Céleste Empire, pourraient bien l'envoyer, non au ciel, mais en l'air.

Les Chinois auraient dû voir qu'en Amérique on est peu porté à la guerre. Aussitôt après la paix qui termina la guerre de sécession, les Etats-Unis se sont empressés de vendre leurs armes et leurs vaisseaux et de réduire leur armée à 25,000. On dit qu'ils sont 25,000 sur le papier, mais qu'en réalité, à peine la moitié occupe les divers camps d'observation près des Indiens. Quelques policemen suffisent pour maintenir l'ordre, et quand ils ne suffisent pas, on se garde et on se fait justice soi-même. Ce qu'on appelle le *lynch* consiste dans le fait du peuple qui prend les coupables, ou réputés tels, les pend, les fusille, les brûle ou les noie sans cérémonie. C'est le fait de tous les jours.

Ainsi, pas d'impôt de sang, pas d'impôt pour l'armement. La force vitale de la nation est tout entière à dompter la nature, défricher la terre, ouvrir des routes et des canaux.

Voici encore les terres qui s'enfuient. Dans la brume, on aperçoit la fumée d'une forêt incendiée; elle brûle depuis quinze jours et brûlera longtemps encore. Le navire marche, marche, la terre disparaît et nous ne la reverrons que dans vingt jours!

Il est minuit, le navire s'arrête; un bruit strident fait comprendre qu'on lâche la vapeur, que quelque chose est arrivé à la machine; j'écoute. Je détache l'appareil de sauvetage et monte sur le pont. La machine est dérangée, la vapeur passait par le piston;

le capitaine dit que, dans quelques minutes, tout sera réparé. Je parcours le pont, admirant le beau spectacle d'un clair de lune dans l'Océan, puis je reprends ma couchette, ne dormant que d'un œil.

7 août 1881.

Ce matin, le navire ne marche qu'à la voile. Je rencontre le capitaine et je l'interpelle : votre minute est longue, capitaine : la machine n'est pas arrangée?

Aujourd'hui, c'est dimanche, répond-il, c'est le jour du repos. . . . .

Enfin, vers midi, l'hélice tourne encore, et nous reprenons notre marche. La couleur jaune sale, que la proximité des côtes donnait à l'eau, a disparu : la mer est bleue et transparente comme notre Méditerranée et calme comme un lac. Aussi, personne n'est malade, tout le monde est content. Le navire est grand, 5,500 tonnes et des cabines pour cent cinquante passagers de première, outre quinze cents d'entre-pont pour les Chinois. Nous sommes une quarantaine en première, et à l'entre-pont, deux ou trois cents Chinois occupent les petites couchettes, entassées comme dans une ruche. Ce matin, ils ont rempli le pont de leurs dominos, dés et autres jeux. Le Chinois joue toujours; quelques-uns ont tiré des livres en parchemin; ont-ils aussi un dimanche? Sur le pont, je passe en revue de longs poulaillers; le cuisinier court après les volailles qui se sauvent, leur allonge le coup et les met dans un sac. Plus loin, de grandes cases sont remplies de moutons vivants; puis viennent les bœufs entiers suspendus en l'air, et les légumes, et tout ce qu'il faut pour nourrir cinq ou six cents personnes pendant vingt jours. La nourriture, jusqu'à présent, n'est pas trop mauvaise, un peu trop anglaise. Heureusement que j'ai pris à San-Francisco deux caisses de vin. Le vin n'est pas cher en Californie, et on en fait de bon. La vigne se trouve partout à l'état sauvage; elle couvre les vallons, et dans les forêts elle grimpe sur tous les arbres. Les Américains disent que c'est nous qui leur avons porté le phyloxéra. Pour s'en garantir, ils plantent la vigne sauvage et la greffent.

Dans le sud, vers Santa-Crux et Los Angeles, ils cultivent l'oranger et commencent à planter l'olivier. Ils ont des olives grosses comme des noix. En général, leurs fruits et leurs légumes sont d'une grosseur extraordinaire et d'un goût exquis. Leurs melons, qu'on mange avec la cuiller, sont délicieux.

Mais revenons à notre bateau. On se croirait déjà en Chine. Tous les domestiques sont Chinois, tous les matelots Chinois, les cuisiniers Chinois. Il n'y a d'Américains que les chefs. S'il prenait envie à ces fils du Céleste Empire de se débarrasser de cette poignée de barbares, comme ils nous appellent, la chose leur serait facile.

Un gros Chinois s'approche de moi, il a un petit enfant arrangé comme un gros magot. Ils sont vêtus de laine grise. Je leur demande si, en Chine, ils seront vêtus de soie.

— Non, me répondit-il ; mon père vient de mourir, je suis en deuil, et pour le deuil, on porte la laine et le coton et la couleur grise. Je vais à Canton recueillir la succession de mon père.

— Avez-vous des frères?

— Oui, trois.

— Comment se règle chez vous le partage des successions?

— Les frères partagent également, les sœurs n'ont rien.

— Ne pourriez-vous pas quitter votre queue et votre costume?

— Non, si nous quittions la queue, nous ne pourrions plus rentrer chez nous, nous serions mis en prison.

Je commence à voir fonctionner les bâtonnets ; ils sont en os ou en ivoire, vingt centimètres de long. Les Chinois les tiennent en posant un doigt au milieu et les manient comme des pinces ; mais le plus souvent ils leur servent à pousser le riz du bord de la tasse dans la bouche, comme le font nos éleveurs de dindons.

La salle à manger est gracieusement arrangée, des fleurs partout, et un petit oiseau qui égaie par ses belles roulades.

Le temps a passé assez rapidement. J'ai voulu lire le dernier journal que j'ai emporté de San-Francisco, j'y ai trouvé toutes sortes d'histoires. Ici, les *desperados* font des prouesses, là au nouveau Mexique, les Indiens massacrent hommes, femmes, enfants, brûlent tout ce qu'ils trouvent. Les Américains, à leur tour, brûlent vivants les Indiens qu'ils capturent. Des crimes horribles de tous côtés : des déraillements, des collisions de chemin de fer, des batailles

Ce matin, ils ont rempli le pont de leurs dominos, dés et autres jeux (page 120)

dans les clubs électoraux et des tripotages de toutes sortes. J'ai lu toute la journée, et n'ai pas encore fini! mais le tam-tam sonne, allons dîner. . . .

. . . .

Je continue à parcourir les journaux qui, dans les faits divers, sont de plus en plus curieux. Dans toutes les villes, on trouve affiché derrière la porte de chaque chambre, aux hôtels, l'extrait d'une certaine loi, en vertu de laquelle les maîtres d'hôtels ne sont plus responsables des vols commis dans leur maison; mais cela à deux conditions :

Que la pancarte susdite sera affichée dans toutes les chambres, et qu'on y dira en outre que l'hôtelier tient à la disposition des voyageurs un local sûr pour enfermer leurs valeurs.

Un bon *farmer* (propriétaire-agriculteur), après avoir lu cet avis, s'empresse de descendre au comptoir et dépose entre les mains de l'hôtelier cinq mille dollars (25,000 francs) qu'il avait sur lui. Le lendemain, il pense à les redemander, mais quelle n'est pas sa surprise lorsque l'hôtelier lui dit n'avoir rien reçu. Il crie, il proteste, mais l'hôtelier demeure imperturbable. Il se décide alors à aller chez un avocat à qui il raconte l'affaire. Cet avocat lui répond : « Mon ami, vous avez été bien trop bon; il fallait réclamer un reçu; je ne sais si vous pourrez jamais rattraper votre argent : mais si vous êtes décidé à faire tout ce que je vous dirai, nous allons essayer.

— Je ferai tout ce que vous me direz, répondit le farmer.

— Alors, retournez chez l'hôtelier, accompagné d'un ami, et avec bonhomie, priez-le de vous garder cinq mille autres dollars.

— Il ne me les rendra plus, répondit le farmer.

— Il vous les rendra, répliqua l'avocat; allez, faites cela, puis revenez me trouver.

Le farmer hésitait, mais il avait confiance en son avocat et il s'exécuta : après quoi, il vint retrouver son conseiller.

Celui-ci lui dit : bien, allez maintenant tout seul retrouver l'hôtelier et dites-lui de vous rendre les cinq mille dollars, puis venez me trouver.

Le farmer ne comprenait encore rien à cette combinaison, mais il avait confiance et il fit ce qui lui était prescrit. L'hôtelier donna les cinq mille dollars et le farmer content vient les montrer à l'avocat, car il avait craint de ne plus les revoir.

— Bien, dit l'avocat; maintenant prenez votre ami, et allez avec lui trouver l'hôtelier et réclamez-lui les cinq mille dollars.

Le farmer ouvrit de grands yeux, il avait compris. Il se rendit chez l'hôtelier avec son ami et demanda les cinq mille dollars. L'hôtelier étonné répondit : je vous les ai remis, il n'y a pas longtemps.

— Vous vous trompez, ajouta le malicieux farmer, vous voulez probablement parler d'un autre : voici mon témoin; il était présent lorsque je vous ai remis les cinq mille dollars; si vous ne me les rendez, je vous dénonce à la police : l'hôtelier dut s'exécuter.

Dans quelques hôtels, on trouve aussi cet autre avis : Les voyageurs peuvent mettre, s'ils le désirent, leurs souliers à la porte de leur chambre, et on les cirera; mais l'hôtel n'est pas responsable s'ils sont échangés ou disparus. Chacun s'empresse de les garder chez soi.

Maintenant que la grande ligne du Pacifique fonctionne si bien, et donne de si beaux revenus, des embranchements nouveaux sont poussés dans toutes les directions et plusieurs lignes parallèles sont même en construction. Une d'elles vient d'être terminée; elle rejoint le Pacifique vers les confins du Mexique. On espérait que la concurrence amènerait le rabais des prix, soit pour les voyageurs, soit pour les marchandises; mais les deux compagnies se sont entendues et les prix restent les mêmes. Il s'ensuit que la plupart des marchandises du Japon et de la Chine, pour éviter les prix énormes du chemin de fer, prennent la voie de Suez pour rejoindre New-York; et le Pacifique ressemble ainsi encore à un désert. Voici dix-sept jours que nous le parcourons et il ne nous a pas été donné de voir un seul steamer ni une voile. Dans quelques années, le chemin de fer canadien ralliera aussi le Pacifique à l'Atlantique et il est probable alors que les prix baisseront. Les chemins de fer, vers le Mexique, sont en construction; mais pendant longtemps, on y trouvera peu de sûreté; ce vaste pays est encombré de brigands, appelés *desperados*, qui ne craignent pas d'aborder un train et de le dévaliser; leurs moyens sont multiples; ils le font dérailler ou ils s'introduisent déguisés en passagers. Dans un autre Etat, un jeune homme de dix-sept ans surprend des individus qui volaient ses pommes de terre enfouies dans le champ. Il menace de les dénoncer; ceux-ci se vengent, et un beau jour, au nombre de vingt-cinq, accostent le jeune homme et le pendent dans la forêt. C'était le fils aîné qui faisait vivre sa pauvre mère veuve et ses petits frères et sœurs. La mère est menacée si elle parle ; elle quitte son champ et sa cabane et s'enfuit dans un autre Etat, après avoir écrit au magistrat pour dénoncer l'assassinat de son fils. Celui-ci promet, dans une proclamation, une certaine somme à qui arrêtera les coupables ; mais ces coquins menacent de mort quiconque voudra les approcher, et augmentent leur bande au nombre de quatre-vingts. Qui des deux aura le dernier mot, les brigands ou la justice ?

Dans une telle situation, on comprend que le *lynch* puisse encore être en pleine vigueur dans ce pays. Souvent c'est un nègre qui outrage une femme blanche ; il est sûr d'être pendu ou noyé dans les vingt-quatre heures. On n'est pas toujours très scrupuleux sur les moyens de prouver le crime et il arrive parfois que des innocents sont torturés ou tués. Pendant la construction du Central-Pacifique, à une certaine gare, un individu arrive et cherche son cheval ; ne l'apercevant pas, il dit au cabaretier : c'est bien sûr que ce Mexicain l'a volé. Un Mexicain venait en effet de descendre en cet endroit : on le saisit et on réunit les notables pour décider le cas. Le pauvre Mexicain ne peut se faire comprendre, il ne parle que l'espagnol. Après une demi-heure, les notables réunis derrière le cabaret, sortent, déclarant que l'individu n'est pas coupable ou du moins qu'il n'y a pas de preuve contre lui ; la foule réclame et exige que les notables entrent de nouveau en séance pour réexaminer le cas. Après trois quarts d'heure, ils sortent et déclarent l'accusé coupable. La foule applaudit et ajoute :

— Nous avions donc raison; il est pendu depuis une heure!

Un instant après, on aperçoit non loin de là le cheval prétendu volé, et le cabaretier se rappelle qu'il est resté en cet endroit toute la journée! . . . .

L'Océan reste toujours désert; pas un steamer, pas une voile à l'horizon. Toujours l'immense voûte du ciel qui nous enferme comme sous une cloche, et les ondes, parfois mobiles, et le plus souvent, calmes comme les eaux d'un lac. Un seul jour, une semaine après notre départ, il nous a été donné de rencontrer des êtres vivants. Avec quel plaisir, nous nous penchions sur le bord du navire pour les voir voltiger! C'étaient des poissons volants d'environ trente à quarante centimètres de long, sortant de l'eau, et se balançant sur leurs longues ailes dans des vols peu élevés, mais souvent longs de plusieurs centaines de mètres. Le lendemain, il plut à la mer de se mettre en tempête. Le vent siffle dans les voiles et semble vouloir les déchirer; la pluie tombe à torrents; le navire se balance par un fort tangage, mais déjà notre estomac est habitué et la table ne se dégarnit point. Le mauvais temps, comme le beau, ne saurait durer; le calme revient bien vite, et un soleil brûlant nous fait prendre les habits d'été. Ce sont nos Chinois qui sont coquets dans leurs culottes et blouses de soie à longues manches de toutes couleurs! Deux troupes de marsouins apparaissent pour la première fois; ils sautent hors de l'eau, les uns derrière les autres, comme font les enfants à saute-mouton; pendant longtemps, nous suivons leurs joyeux ébats, jusqu'à ce que la brume les dérobe à nos yeux. Ce matin, c'est une baleine qui est venue se montrer près de nous; sa tête, puis son corps, sortaient de l'eau et y rentraient, laissant voir sa longue et belle queue; elle semblait voguer. Combien j'aurais aimé chevaucher sur son dos! Qui sait si nous la reverrons encore! Les goëlands sont fidèles à nous tenir compagnie, mais les mouettes et les canards ont disparu. Où dorment-ils ces grands oiseaux, car ils sont loin de terre de plusieurs milliers de mille; ils suivent assidûment le navire, et aussitôt que les détritus de cuisine sont jetés à l'eau, ils s'élancent et n'en laissent pas perdre le moindre brin. Contrairement à ceux de l'Atlantique et de la Méditerranée qui sont blancs, les goëlands du Pacifique sont bruns et semblent plus gros que les premiers; ils ont au moins un mètre quarante centimètres d'envergure; nous ne les avons rencontrés que trois jours après notre départ. Enfin, hier, nous avons vu aussi un requin de huit pieds de long; ces derniers sont à craindre. Récemment, dans un navire allant à Panama, un matelot tombé à l'eau fut avalé par l'un d'eux, avant qu'il pût saisir la corde de sauvetage. On fit le possible pour le retrouver; on prit plusieurs requins qu'on ouvrit, sans trouver celui qui avait été l'avaleur.

A bord, les journées se succèdent et se ressemblent. Le tam-tam sonne à huit heures pour le déjeuner, à une heure pour le lunch, et à six heures pour le dîner. Cet instrument chinois est agaçant, c'est la clochette de ces pays. Entre les repas, on lit, on se promène, on joue au *boull*, aux cartes, aux échecs. Le *boull* est le jeu des Océans. On trace sur le pont des lignes formant plusieurs carrés, contenant chacun un chiffre; d'un but placé à dix ou douze mètres, on lance un petit cerceau de corde dans ces carrés. Celui qui arrive plus tôt à cent points, gagne; s'il dépasse, il doit revenir en arrière en atteignant la case supérieure qui est la plus grande et qui fait perdre dix points. Le soir, on fait de la musique ou on danse. A dix heures ou onze heures, on reprend sa cabine d'où l'on ressort le matin pour le bain de mer, dans de bonnes baignoires que la vapeur chauffe à volonté.

Comme nous avons à bord des gens de toutes langues, plusieurs en profitent pour prendre des leçons d'anglais, d'espagnol, d'allemand, d'italien et même de chinois et de japonais.

Quelques-uns de nos Chinois d'entre-pont sont malades; ils espèrent retrouver les forces dans le pays natal, mais il ne leur est pas toujours donné de le revoir. Parfois, ils meurent en route à trois ou quatre par jour. Dans ce voyage, un seul encore est passé à l'autre vie; il a été embaumé, et, selon la coutume des *Célestiaux*, il sera enterré en Chine. Lorsqu'ils s'engagent avec les compagnies qui les transportent en Amérique, ils stipulent toujours, dans le contrat, que s'ils meurent sur la terre étrangère, leur corps sera porté en Chine et enseveli près des os de leurs pères.

Qui sait si à fond de cale nous n'avons pas plus de Chinois morts que nous n'en voyons de vivants sur le pont!

Un riche marchand a sa famille dans sa cabine, à côté de la mienne. La pauvre femme n'en est jamais sortie. C'est l'usage en Chine que les femmes ne se montrent pas ; au reste, avec ses petits pieds, elle aurait bien des difficultés à marcher. Son jeune garçon monte parfois sur le pont, accompagné de son père, mais les trois petites, avec la bonne, sont séquestrées comme la mère; néanmoins, elles se montrent quelquefois à la porte, et commencent à s'apprivoiser. Elles fuyaient auparavant à ma vue, puis elles ont souri, et ne craignent pas maintenant de venir dans ma chambre demander des fruits, des bonbons et surtout des images. Elles parlent volontiers, mais je n'entends pas un mot de leur chinois, et ce n'est que par signes que je leur fais comprendre que les Européens aiment et caressent les enfants. La mère elle-même s'est montrée quelquefois à la porte, témoignant par signes sa reconnaissance pour le bon traitement envers ses enfants.

Je viens de visiter la machine. Notre hélice a déjà fait 725,000 tours depuis San-Francisco. Encore 200,000 tours et nous serons arrivés ; elle en fait quarante par minute et nous filons dix, onze, douze, et treize nœuds et demi, selon que le vent est debout ou arrière; en ce dernier cas, toutes les voiles sont déployées, et les matelots Chinois grimpent dix fois par jour, comme des singes, à la cime des mâts, pour les plier ou les déployer. Le magasin à charbon contient 1,500 tonnes. On l'économise, et des douze fourneaux, six seulement sont allumés, et brûlent 45 tonnes par jour. Le déplacement des pistons est de quatre pieds et demi; ils sont au nombre de quatre pour faire tourner l'arbre qui porte l'hélice. Quinze Chinois sont constamment occupés à attiser les fourneaux; ils sont remplacés chaque quatre heures. La chambre à fourneaux et la chambre à machine ressemblent assez à celles des grandes frégates. Outre les passagers (150 en première et 1,500 d'entre-pont) et le charbon, le navire porte encore à pleine charge 4,500 tonnes. Cent trente personnes forment le personnel de service qui comprend les officiers, les matelots, les chauffeurs, les mécaniciens et les domestiques. Le prix de passage des Chinois (55 dollars pour chacun, 575 francs) fait en moyenne tous les frais du navire. Le fret des marchandises, qui est considérable, et le prix des passagers de première, qui est de 1,250 francs, forme pour la Compagnie, à peu près un bénéfice net.

Il n'en est pas ainsi de la ligne d'Australie qu'exploite la même Compagnie, la *Pacific mail steam ship Company*. Là, les passagers de première sont beaucoup plus nombreux, mais les marchandises en petite quantité, et de Chinois, presque pas, en sorte que la Compagnie perd de l'argent, et à moins d'une subvention du gouvernement, elle paraît décidée à quitter la ligne au bout de deux ans, terme de son engagement.

Des précautions sont prises à bord pour surveiller les Chinois; jour et nuit des blancs veillent sur le pont, dans l'entre-pont et dans la machine. Il leur serait bien facile de se défaire du petit nombre de blancs et de s'emparer du navire. Ils le firent une fois, mais le mécanicien blanc, qu'ils avaient laissé dans la machine pour continuer la marche, sortit avec un manchon plongeant dans les chaudières, et dirigea le jet de vapeur sur les nombreux Chinois qui, sur le pont, tenaient les blancs prisonniers, le revolver à la gorge. Ils les aspergea si bien qu'ils lâchèrent prise et n'eurent plus envie de recommencer. Sur tous les steamers, naviguant avec des Chinois, les manchons à vapeur sont toujours prêts à fonctionner.

L'eau douce vient de finir; une pompe en puise maintenant en mer, la distille et l'envoie au réservoir. Je viens de la goûter, elle est aussi bonne que l'eau des meilleures sources.

Le dimanche en mer est bien monotone sur les navires anglais ou américains. Le jeu de *boull* est interdit et les protestants se défendent de jouer, et même de faire de la musique. Le 15 août n'a pas connu à bord la solennité du jour de fête de nos contrées catholiques. Le 16 août, à huit heures du matin, nous avons atteint le 180e parallèle, le point exact des antipodes, et la carte journalière portait, à midi, les indications suivantes : Distance parcourue dans les vingt-quatre heures, 272 milles (le mille marin est environ 1,800 mètres, le mille terrestre anglais un peu plus d'un kilomètre et demi, 1,600 mètres). Latitude nord, 40°, longitude est, 177°, pendant que, avant-hier, la feuille marquait longitude ouest 177°; aussi, au lieu de porter la date, mercredi 17 août, la nouvelle feuille a sauté un jour, pour marquer jeudi 19 août. En effet, depuis que nous avons quitté l'Europe en venant vers l'ouest, tous les jours de voyage ont été allongés d'environ une demi-heure puisque nous parcourions de quatre à cinq degrés par jour, chaque degré étant soixante milles à l'Equateur et d'environ cinquante-deux milles au 40° latitude. Arrivés au 180°, nous avons perdu douze heures, soit un jour, et, pour nous retrouver à la même date avec l'Europe, nous sommes obligés de sauter un jour.

Le même phénomène, mais en sens inverse, se produit pour ceux qui viennent de l'est. Chacun de leurs jours de voyage est raccourci d'environ une demi-heure, en sorte qu'arrivés au 180° parallèle, ils se trouvent avoir douze heures, soit une journée en plus, et, pour retrouver la date, ils sont obligés de placer un jour de plus et d'avoir une semaine de huit jours, pendant que nous avons eu une semaine de six. . . . .

. . . .

Voici les côtes du Japon : et d'abord, à droite, le cap King avec son phare. Les collines et les montagnes sont couvertes de pâturages et de forêts, pendant que la plaine est semée de riz.

Les jonques japonaises apparaissent de toutes parts avec leurs voiles carrées en forme de draps de lit. Plus loin, Kanonsaky à gauche, avec son phare et ses batteries à l'Européenne; puis Parry-Island, ainsi nommée en souvenir du commandant Parry qui, avec un navire des Etats-Unis, aborda ici en 1853 et Wetester-Island, en souvenir de son porte-drapeau. Un steamer japonais, avec son drapeau à globe rouge, s'en va à Kobé.

Nous voici en face de *Treaty-Point* où, en 1857, le premier traité a été signé entre le Japon et les Etats-Unis.

Grand mouvement sur le navire; tous les officiers sont à leur poste. Ici, on prépare les canots, là les ancres. Dans l'entre-pont, on monte les nombreux paquets de la poste. Les mâts ont chacun leur drapeau; le premier est le japonais, puis celui du Comodore, ensuite celui de la Compagnie et celui de la poste; enfin, à la poupe, celui des Etats-Unis

L'immense baie est magnifique à voir. Dans le lointain, les navires ancrés devant Yokohama : les drapeaux allemands sont hissés; est-ce un jour de fête pour l'Allemagne?

Un petit steamer nous accoste et nous amène l'employé de la Compagnie.

Le *Goélic*, que nous croyions parti depuis plusieurs jours, est encore à l'ancre; il partira demain matin pour San-Francisco et emportera cette lettre qui pourra ainsi vous arriver en trente-huit ou quarante jours.

Par l'autre côté du globe, les Messageries ne vous

l'auraient apportée que dans quarante à quarante-cinq jours.

Les jonques assiègent le navire et les mariniers se font donner des coups par les matelots. Le plus souvent, ils sont en costume d'Adam.

Je joins ici des images des Chinois; ils en ont inondé le navire.

Ces papiers dorés devaient les préserver des mauvais esprits et du naufrage; ils sont arrivés ils n'en ont plus besoin et les jettent au vent.

APPENDICE

NOTICE SUR LE CANADA

I

Le Canada, qui forme l'une des plus importantes divisions politiques de l'Amérique du Nord, se compose d'une vaste contrée dépendant du versant de l'Océan Atlantique. Il a pour limites l'Océan Atlantique et le Labrador à l'est; le territoire de la compagnie de la baie d'Hudson au nord et à l'ouest; les Etats-Unis au sud. On peut évaluer sa longueur totale à 1600 kilomètres, sa largeur à 400 kilomètres, et sa superficie à environ 640,000 kilomètres carrés.

Le Vénitien Cabot, au service de l'Angleterre, découvrit le Canada en 1497; le Français J. Denys, de Honfleur et le Vénitien Varazzani, au service de François Ier, visitèrent le golfe de Saint-Laurent en 1506 et 1523; ils furent suivis par les Espagnols qui, n'ayant trouvé sur les côtes aucune trace de mines d'or ou d'argent, se retirèrent en répétant, dit-on, le mot *acanada,* c'est-à-dire, *ici rien;* ce mot répété plus tard par les indigènes aux Français, aurait été pris par ceux-ci pour le nom de la contrée. On fait aussi dériver *Canada* d'un mot iroquois qui signifie *réunion de cabanes.*

Quoi qu'il en soit, Jacques Cartier remonta le Saint-Laurent en 1534, prit possession de tout le pays au nom de François Ier, et l'appela *Nouvelle-France.*

La Roque de Roberval, nommé vice-roi en 1542, fonda non loin de l'endroit où depuis fut bâti Québec, le fort de Charlebourg. En 1608, Samuel Champlain jeta les fondements de Québec. Une compagnie française se forma en 1617 pour exploiter la colonie. Les Anglais avaient déjà tenté plusieurs fois, mais inutilement, de s'en emparer (1629–1711) lorsque la guerre éclata avec la France en 1754. Après de nombreux combats, dans l'un desquels succomba le brave Montcalm, les Anglais finirent par conquérir tout le Canada; et, cette province leur fut définitivement cédée, en 1763, par le traité de Paris. Néanmoins, les Canadiens, restés Français par le cœur, n'ont jamais cessé d'aspirer à leur indépendance.

II

Le Canada est un pays très ondulé en général, présentant au nord du Saint-Laurent quelques chaînes de montagnes peu considérables; et, au sud de ce fleuve, des ramifications des Alleghanys, qui viennent se terminer au cap Gaspe et dont la hauteur moyenne est de 300 à 600 mètres. Ces montagnes sont couvertes de magnifiques forêts de haute futaie; elles séparent le bassin de Saint-Laurent et des Grands Lacs de ceux de la mer d'Hudson au nord, de la rivière Rouge à l'ouest, et du Mississipi au sud. Le partage des eaux entre la mer d'Hudson et le fleuve Saint-Laurent n'offre qu'une suite de collines ou de rochers. Ces montagnes ne forment pas toujours des chaînes continues; quelquefois elles s'abaissent au niveau des plaines, laissant entre les lacs, les rivières, les cours d'eau, une étroite bande de pays à peine sensible que les Indiens avaient l'habitude de faire franchir à dos d'homme à leurs légères embarcations, ce qui leur a valu le nom de *portages*.

Le Canada appartient dans sa presque totalité au bassin du Saint-Laurent. Le cours des rivières est interrompu par des lacs nombreux, qui font du Canada le plus vaste réservoir d'eau douce qu'il y ait au monde. Le Saint-Laurent naît, sous le nom de rivière de *Saint-Louis*, dans le plateau où naissent le Mississipi et la rivière Rouge; il coule du nord-ouest ou du sud-est et vient tomber dans le *lac Supérieur* qui n'est, à proprement parler, qu'une vaste mer d'eau douce, longue de 570 kilomètres, large de 258 kilomètres, et dont la profondeur atteint 295 mètres; son élévation au-dessus du niveau de la mer est de 193 mètres. Les eaux de ce lac immense, alimentées par quarante rivières, se balancent dans un bassin de rochers et forment des lames presqu'égales à celles de l'Océan Atlantique.

Le *lac Huron* qui a 322 kilomètres de long, 258 kilomètres de large, 92 mètres de profondeur est élevé de 175 mètres au-dessus du niveau de la mer; il reçoit ses eaux du lac Supérieur par une suite de descentes rapides connues sous le nom de *sauts de Sainte-Marie*. Il communique, par un détroit, avec le *lac Michigan*, situé au sud-ouest. Le lac Michigan, dont les bords fertiles appartiennent en entier aux Etats-Unis, a 520 kilomètres de longueur, 174 kilomètres de largeur avec une profondeur moyenne de 274 mètres; son élévation au-dessus du niveau de la mer est de 210 mètres. Un autre détroit, ou plutôt la rapide rivière de *Saint-Clair*, sert d'écoulement au lac Huron et forme, en s'élargissant, le petit lac de Saint-Clair. Un canal plus tranquille, que l'on nomme le *Détroit*, unit ce bassin au lac Erié.

Le *lac Erié* a 402 kilomètres de longueur, 129 kilomètres de largeur, 61 mètres de profondeur, avec une élévation de 169 mètres au-dessus du niveau de la mer. Ce lac se décharge par la rivière de *Niagara* et par ses célèbres cataractes. En cet endroit, le Niagara est divisé en deux bras par la petite île des Chèvres, à l'extrémité de laquelle se trouve la cataracte. Le bras gauche, large de 600 mètres, se précipite perpendiculairement d'une hauteur de 53 mètres, et forme la chute dite du *fer à cheval*. L'autre bras forme la *chute américaine* qui est large de 200 mètres et haute de 54 mètres. Cette grande cataracte est continuellement enveloppée d'un nuage qu'on aperçoit de très loin; les flots écumeux semblent, à grande distance, couler dans les cieux. De temps à autre, le nuage, en s'ouvrant, laisse entrevoir les rochers et les forêts. L'aspect le plus étonnant se présente dans l'hiver, lorsque les eaux, malgré leur effroyable mouvement, ressentent l'influence des gelées ; alors, d'énormes colonnes de glace s'élèvent du fond du précipice, tandis que d'autres morceaux de glace pendent d'en haut comme autant de tuyaux d'orgue.

C'est par ce pompeux vestibule que les eaux du Niagara descendent vers le tranquille *lac Ontario*, qui est pourtant sujet à une espèce de flux et de reflux. Ce lac long de 290 kilomètres, large de 125, a une profondeur moyenne de 152 mètres, et est élevé de 80 mètres au-dessus du niveau de la mer. Il se dégage, par le charmant lac de *Mille-Iles*, dans le fleuve Saint-Laurent proprement dit.

Le *Saint-Laurent,* surtout près de Montréal, prend un caractère extrêmement pittoresque. C'est un tableau charmant et impossible à décrire, que celui des villages qui se développent aux regards, à mesure qu'on double une pointe de terre boisée ; les maisons paraissent suspendues sur le fleuve, et les clochers étincelants réfléchissent, à travers les arbres, les rayons du soleil. Mais, au-dessous de Québec, le lit du fleuve s'élargit si considérablement, les rivages s'enfuient dans un lointain si étendu, que l'œil y reconnaît plutôt un golfe qu'une rivière. Le Saint-Laurent, malgré son immense volume d'eau, ses eaux profondes et sa vaste embouchure, n'occupe que le troisième ou quatrième rang parmi les fleuves américains. Sorti de l'extrémité du lac Ontario, il se jette, après un cours de 800 kilomètres, dans le golfe qui porte son nom. La masse d'eau qu'il verse dans l'Océan est évaluée à 57,335 mètres cubes par heure : on peut juger par-là de sa rapidité. Sa largeur varie considérablement ; à sa naissance, elle est de dix kilomètres ; mais, depuis Québec jusqu'à son embouchure, — c'est-à-dire sur une longueur de 400 kilomètres, — il n'en a pas moins de cinquante à soixante. Ce fleuve est navigable pour les plus grands vaisseaux jusqu'à Québec, et pour les navires de 500 à 600 tonneaux, jusqu'à Montréal. On évite les rapides et les chutes à l'aide de canaux ; les plus importants sont ceux de la *Chine*, *Beauharnais* et de *Jonction*, etc.

Le seul fleuve considérable du Canada, après le Saint-Laurent, c'est l'*Ottawa* ou *Grand-River*, qui porte au grand fleuve le tribut de ses eaux verdâtres : elles forment, parmi d'autres cascades pittoresques, celles de la *Chaudière* qui a 40 mètres de hauteur et 90 mètres de largeur. La rivière de Saguenay, qui vient aussi du nord, est l'écoulement du lac Saint-Jean. Une autre rivière remarquable vient en droite ligne du sud : c'est la rivière de Sorel, nommée aussi le *Champlain* et le *Richelieu*, débouché du lac *Champlain*, qui forme une communication très importante entre le Canada et les Etats-Unis. Parmi les petites rivières, celle de *Montmorency* est célèbre par sa cataracte pittoresque.

Québec communique avec New-York par les lacs et les rivières, ce qui constitue un immense résultat par le commerce.

III

A latitude égale, la température du Canada est beaucoup plus rude que celle des contrées de notre Europe, et particulièrement de la France. Le froid et le chaud y sont extrêmes, puisque le thermomètre centigrade, en juillet et août, monte jusqu'à 35 degrés, tandis qu'en hiver, le mercure y gèle. La neige commence avec le mois de novembre; et, en janvier, il est souvent difficile à un Européen de se tenir quelques moments en plein air, sans en éprouver des suites fâcheuses. Des intervalles d'un temps plus doux ne servent qu'à rendre plus sensible le sentiment du froid et ses effets plus dangereux. Souvent, à Québec, au commencement de l'hiver, la neige roule en grandes masses dans l'air, et couvre les rues jusqu'au niveau des lucarnes des maisons basses : Enfin, en décembre, les vents neigeux cessent, un froid uniforme et un air serein leur succèdent. Tout à coup, les glaces arrivent dans le fleuve, et s'accumulent de manière à remplir tout le bassin ; mais, la plupart du temps, ces glaces ne sont que flottantes, et les habitants de la rive méridionale, animés par l'espoir du gain, les franchissent en laissant tantôt glisser et tantôt flotter leurs canots. Les glaces disparaissent de même avec une rapidité extrême, vers la fin d'avril, ou au plus tard au commencement de mai. Elles se rompent avec un bruit semblable à celui du canon, et sont entraînées à la mer avec une violence épouvantable. Le printemps se confond avec l'été; les chaleurs subites font éclore la végétation à vue d'œil. De tous les mois de l'année, le mois de septembre est le plus agréable.

Il est à remarquer que la glace n'est pas aussi compacte au Canada qu'en Europe; plus elle est mince et plus elle est solide. Lorsqu'elle est épaisse, elle est remplie de bulles d'air et elle affecte une couleur grisâtre. On la brise aussi aisément que celle d'Europe, bien qu'elle soit quatre fois plus épaisse.

Les extrêmes du froid et de la chaleur se font sentir avec plus d'intensité dans les cantons cultivés que dans ceux qui ne le sont pas. Le mercure gèle fréquemment à Montréal, et les étés sont si chauds, pendant quelques jours, qu'il est surprenant que les animaux n'en souffrent pas trop. Les pluies ne sont pas très abondantes, et elles tombent plus particulièrement au printemps. Dans l'intérieur des terres, les brouillards ne sont pas si fréquents que dans la Grande-Bretagne, mais ils le sont beaucoup plus sur les côtes. Le tonnerre et les éclairs y sont très communs; les roulements du tonnerre y sont beaucoup plus forts qu'en Europe, et l'éclat des éclairs y est plus vif et plus brillant.

Au Canada, les moustiques sont extrêmement multipliés pendant les chaleurs de l'été, surtout dans les contrées non cultivées et dans celles où l'on a détruit le bois. Ces insectes sont excessivement incommodes, et l'on n'a découvert encore aucun moyen de préserver de leurs piqûres les parties du corps qui sont exposées à l'air. Les Indiens et les Canadiens en souffrent autant que les Européens, mais leur peau n'enfle pas autant.

IV

Le Canada est traversé dans toute sa longueur par un terrain montagneux qui le divise en deux bassins géologiques pouvant être désignés en bassin du nord et bassin du sud; ces montagnes ont reçu le nom de *Laurentides*. Dans le bassin du nord, situé au nord du Saint-Laurent, on rencontre du granit, des grès, des calcaires; l'ardoise, les pierres meulières, la serpentine, la houille, sont exploitées dans le bassin inférieur. Dans plusieurs parties on trouve de l'ocre, de la plombagine et des pierres lithographiques.

Des mines de fer abondantes ont été découvertes dans plusieurs parties du Canada, telles que les bords de l'Erié, de l'Ontario, du lac Saint-Jean et la baie de Saint-Paul, à l'entrée du fleuve Saint-Laurent; on y a trouvé aussi des filons de zinc, de manganèse, de mercure. L'argent et l'or ont été découverts dans les environs de Québec et de Saint-François; et le cuivre est exploité au nord du lac Supérieur. Le plomb, le nickel et le cobalt se rencontrent près du lac Huron et aux environ de Gaspé. Dans le Canada, pays généralement montagneux et boisé, la culture s'éloigne peu des bords de la grande rivière. Les produits sont, outre le tabac, consommé par les colons, les légumes et les grains qui forment un article d'exportation. La culture du froment a fait des progrès énormes. Les terres deviennent meilleures à mesure qu'on remonte le Saint-Laurent. Les environs de Montréal surpassent autant en fertilité ceux de Québec que les terres du Haut-Canada surpassent celles de Montréal. Les prairies du Canada, supérieures à celles des contrées américaines plus méridionales, présentent un gazon fin et épais. Le froment, semé au commencement du mois de mai, mûrit vers la fin d'août.

Parmi les fruits du Canada, les meilleurs sont, comme en Norwège, les baies, spécialement les fraises et les framboises. On récolte des pommes et des poires aux environs de Montréal. Des vignes, tant sauvages que cultivées, donnent de petits raisins d'un goût agréable, quoique aigrelet. On cultive beaucoup de melons : il paraît même que ce végétal est indigène. Le houblon y réussit parfaitement. Le pays produit deux espèces de cerises sauvages dont on ne tire pas grand parti. Le noyer d'Angleterre ne s'accommode pas des successions subites du froid et du chaud qui caractérisent le printemps du Canada.

Dans la végétation indigène des pays situés au nord du fleuve Saint-Laurent, on remarque un mélange singulier des flores de Laponie et des Etats-Unis. Les grandes chaleurs de l'été font que les plantes annuelles et celles que la neige est capable de couvrir pendant l'hiver y sont, pour la plupart, les mêmes que dans les pays plus méridionaux, tandis que les arbres et les arbrisseaux ayant à braver, sans abri, toute la rigueur du climat, appartiennent aux espèces qui caractérisent les régions arctiques.

Le ginseng et le lis de Canada, semblable à celui de Kamtchatka, indiquent une liaison entre la flore d'Amérique et celle d'Asie. La *zizania aquatica*, graminée propre à ce climat, et qui tient de la nature du riz, croît abondamment dans la vase des rivières ; elle fournit un aliment aux Indiens errants, comme aux oiseaux de marécage.

Quoique le pays soit couvert de nombreuses forêts, les arbres n'y acquièrent jamais cette grosseur et cette surabondance de vie qui les distinguent dans les Etats-Unis. La famille des sapins et des arbres verts y est peut-être plus multipliée : on y remarque le sapin à feuille argentée, le sapin weymouth, le pin canadien, la sapinette d'Amérique et le cèdre blanc du Canada, qu'il ne faut pas confondre avec celui des Etats-Unis.

Après ces grands végétaux, qui occupent le premier rang, nous nommerons encore l'érable à sucre et l'érable rouge, le bouleau, le tilleul et l'ormeau d'Amérique, le bois de fer et le gaînier du Canada. Les nombreuses espèces de chênes sont en général inconnues ; les espèces d'Europe ne s'y montrent que sous la forme d'arbrisseaux rabougris : aussi, les bois de construction du Canada se tirent-ils des provinces occidentales de la Nouvelle-Angleterre. On rencontre encore dans les îles du Saint-Laurent, le sassafras, le laurier et le mûrier rouge. Le frêne commun, l'if et le frêne des montagnes se trouvent également dans les contrées septentrionales de l'ancien et du nouveau continent ; mais, les forêts du Canada possèdent un ornement caractéristique dans les festons légers de la vigne sauvage et dans les fleurs odorantes de l'asclépiade de Syrie. Les forêts du Canada fournissent principalement des douves et des planches de sapin, ainsi que des petits mâts. La plupart des bois de ce pays peuvent être employés dans l'ébénisterie de luxe, le placage et la marqueterie. Les potasses et les cendres perlées sont encore un produit des forêts. Les Canadiens font beaucoup de sucre d'érable et le vendent à moitié prix de celui des colonies. L'extraction du sucre de l'arbre a lieu au moment où la sève monte et où il règne encore un froid vif. Le sucre d'érable, à Québec, est bon et dur; il fond lentement et contient plus d'acide que le sucre de canne; mais, les habitants du Haut-Canada le raffinent et le rendent très beau.

Les animaux qui habitent les vastes forêts ou qui errent dans les parties incultes du Canada sont le cerf, l'élan d'Amérique, le daim, l'ours noir et roux, le renard, la martre, le lynx, le chat sauvage, le furet, la belette, l'écureuil gris, le lièvre et le lapin, le rat musqué, la marmotte, le putois. Les parties méridionales recèlent un grand nombre de bisons, de daims de petite race, de chevreuils, de chèvres et de loups. Les marais, les lacs et les étangs abondent en loutres et en castors très estimés. Peu de fleuves peuvent se comparer au Saint-Laurent, par la variété, l'abondance et l'excellence du poisson. Le caïman et le serpent à sonnettes, habitants incommodes des régions plus méridionales, se sont répandus jusqu'ici. Parmi les oiseaux indigènes, les premiers voyageurs distinguèrent déjà le lourd coq d'Inde. Le colibri s'égare pendant l'été dans cette région boréale et vient voltiger comme une fleur ailée parmi les fleurs des jardins de Québec.

V

Un superbe bassin, où plusieurs flottes pourraient mouiller en sûreté; une belle et large rivière; des rivages partout bordés de rochers très escarpés, parsemés ici de forêts, là surmontés de maisons; les deux promontoires de la pointe Levis et du cap Diamant, la gracieuse île d'Orléans et la majestueuse cascade de la rivière Montmorency, tout concourt à donner à la ville de Québec, capitale du Bas-Canada, un aspect imposant et vraiment magnifique. La haute ville est bâtie sur le cap Diamant, élevé de 115 mètres, tandis que la ville basse s'étend le long de l'eau au pied de la montagne, dont souvent, dans le froid et le dégel, il se détache des quartiers de roche qui écrasent les maisons et les passants. La beauté des édifices publics ne répond pas à l'idée qu'en fait naître de loin l'éclat du fer-blanc dont ils sont couverts ainsi que la plupart des maisons. Les fortifications, considérablement augmentées dans ces dernières années, en font, conjointement avec sa situation naturelle, une place de guerre très importante; mais, il faut dix mille hommes pour garnir tous les postes. Cependant, les détachements de troupes stationnées à Montréal et à Trois-Rivières, peuvent, en descendant le fleuve, rejoindre la garnison en peu d'heures, et une flotte peut, sans obstacles, ravitailler la place, tant que les glaces n'ont pas interrompu la navigation. Les habitants se dédommagent des froids longs et rigoureux de l'hiver par des parties de traîneaux, par des assemblées de danses et les plaisirs du théâtre. Des courses de chevaux contribuent à l'amélioration de la race.

Québec est la résidence du gouverneur du Canada et de tous les hauts fonctionnaires, et le siège d'une cour de justice. Les deux tiers de la population sont catholiques et descendent des Français, qui bâtirent la ville et fondèrent la colonie.

Québec fait un commerce considérable avec toute la contrée avoisinante, et avec les ports et les pêcheries qui sont au-dessus d'elle sur le fleuve. Mais, l'objet principal de son commerce et de son industrie est la vente des bois et la construction des navires. Quatorze à quinze cents vaisseaux entrent annuellement dans son port; et, de nombreuses lignes de chemins de fer la font communiquer avec les autres villes du Canada et les Etats-Unis.

En descendant le fleuve Saint-Laurent, on aperçoit à droite une contrée toute semblable aux parties les plus montueuses du Canada, bien boisée, bien arrosée, mais assiégée de brumes maritimes, qui seules en dénaturent la température : c'est le *Gaspé* ou la *Gaspésie,* ancienne patrie d'une tribu indienne remarquable par ses mœurs policées et par le culte qu'elle rendait au soleil. Les Gaspésiens distinguaient les aires du vent, connaissaient quelques étoiles et traçaient des cartes assez justes de leur pays. Le nom de Gaspé a été restreint, de nos jours, au pays situé entre le fleuve Saint-Laurent et la baie des Chaleurs qui se trouve entre le Nouveau Brunswick et le Bas-Canada.

Montréal, la seconde ville du Bas-Canada, se présente avec éclat sur la côte orientale d'une île considérable, formée par le fleuve à sa jonction avec l'Ottawa: des hauteurs boisées, de nombreux vergers, de jolies maisons de campagnes, et tout cela renfermé dans une île baignée d'une superbe rivière où peuvent remonter les gros vaisseaux de cette cité qui renferme plus de 80,000 habitants. Montréal peut-être regardée comme la première place de l'Amérique, pour le commerce des pelleteries.

Montréal possède plusieurs édifices remarquables : la cathédrale catholique, l'un des plus vastes temples du Nouveau-Monde, peut contenir 10,000 personnes ; l'hôpital général est un des mieux tenus de l'Amérique anglaise; la place du marché est ornée d'un monument érigé à la gloire de Nelson : c'est une colonne d'ordre dorique, haute de dix mètres, surmontée de la statue colossale du célèbre marin. Le collège français, le séminaire catholique, l'institut classique académique et l'université anglaise, sont des établissements très florissants. Cette ville est aujourd'hui une place de commerce plus importante que Québec. Sa position en fait l'entrepôt des produits du Haut-Canada, des parties des Etats-Unis qui en sont limitrophes et des contrées sauvage qu'arrose l'Ottawa. Si Québec voit plus de navires jeter l'ancre dans son port, c'est Montréal qui leur forme leurs cargaisons; et, cette cité ne conserve sa prépondérance que parce qu'elle possède un port où cent vaisseaux de ligne seraient en sûreté et que ses fortifications en font le Gibraltar de l'Amérique anglaise.

La petite ville des Trois-Rivières, entre Québec et Montréal, est située sur la barre septentrionale du fleuve, à l'embouchure de la rivière Saint-Maurice. Elle est bien bâtie; les naturels y portent leurs pelleteries; et, il y a dans le voisinage, des mines de fer abondantes. Citons encore, dans le Bas-Canada, *Saint-Yacinthe,* sur la rive gauche de l'Yamaska, qui possède un collège; *Beaufort,* où l'on remarque une belle scierie mécanique; *Pont-Lévi,* rendez-vous des curieux qui vont visiter la belle cascade de la Chaudière; *Sherbrooke* qui possède de nombreuses manufactures; *Orléans*, dans l'île de ce nom, au milieu du fleuve Saint-Laurent, à 8 kilomètres au-dessous de Québec; cette île, longue de 36 kilomètres et large de 8 kilomètres est remarquable par sa fertilité; le centre est occupé par des bois épais; dans la partie occidentale où s'élèvent plusieurs jolies maisons de campagne se trouvent des chantiers où l'on construit des vaisseaux de guerre de la plus grande dimension. Le village de *Lorette*, où l'on admire une belle église, est peuplé d'Iroquois qui ont été convertis à la religion catholique par des missionnaires français. La *Chine* est un gros village d'où partent des bateaux à vapeur à destination du Haut-Canada. Le bourg de *Tadousac*, situé sur un rocher presque inaccessible, près du confluent du Sagueney et du Saint-Laurent, fait un grand commerce avec les Indiens. A 55 kilomètres au nord-est de Montréal, la petite ville de *Sorel* où *William-Henry*, est agréablement située au confluent du Richelieu ou Sorel et du Saint-Laurent, sur l'emplacement du fort Sorel, construit par les Français en 1665 pour réprimer les incursions des indigènes. La rivière Sorel est aujourd'hui canalisée; et, par sa jonction avec le lac Champlain et la rivière d'Hudson, elle met en communication Québec et Montréal avec New-York.

VI

En sortant du fleuve Saint-Laurent pour entrer dans le lac Ontario, on traverse le golfe, appelé improprement *lac de Mille-Iles*. Sur une de ses anses et à l'embouchure de la rivière *Rideau*, canalisée pour joindre l'Ottario à l'Ottawa, s'élève la ville de Kingston, munie d'un bon port qui sert d'entrepôt entre le Haut et le Bas-Canada. Elle est régulièrement bâtie. Ses rues sont larges et spacieuses.

Sur la côte, en face de l'île, est une baie qui peut mettre à l'abri de tout vent une flotte nombreuse : c'est aussi là qu'hiverne ordinairement la flotte du lac. Sur le bord de la baie, on aperçoit l'arsenal de la marine anglaise dans cette partie du monde, et de beaux chantiers où l'on construit des vaisseaux de guerre de premier rang La population commerçante de Kingston s'élève à plus de 12,000 habitants : c'est la ville la plus forte, la plus florissante et la plus commerçante du Haut-Canada. On voit quelques sources minérales dans ses environs, qui comprennent aussi les villes et villages de Waterloo, Bath, Cap-Vincent, Odessa, Shaunersville, Belleville et Trenton, sur le chemin de fer qui l'unit à Toronto en longeant la rive septentrionale du lac Ontario.

Toronto, que l'on appelait autrefois York, à 27 kilotres à l'ouest de Kingston, a partagé avec Québec l'honneur d'être la capitale du Canada, le gouverneur général et le Parlement faisaient alternativement leur résidence dans ces deux villes. Toronto domine le lac Ontario, possède un superbe port abrité par une longue presqu'île, appelée Gibraltar, et renferme environ 50,000 habitants. La baie de Burlington, à l'extrémité occidentale du lac, est bordée de paysages romantiques. Plusieurs chemins de fer viennent aboutir près de cette belle ville aux environs de laquelle on trouve Yorkville, Humber, Weston, Clairville, Zaïrville, Saint-André, etc... dont l'industrie est activée par le voisinage de l'importante cité.

Ottawa, que l'on appelle quelquefois *Bytown*, est un des chefs-lieux de district du Haut-Canada; elle est située sur la rivière Ottawa ou Grand-River, à 140 kilomètres de son confluent avec le Saint-Laurent et à l'embouchure de la rivière Rideau. Cette ville doit son premier nom de Bytown, au colonel By, son fondateur qui avait été chargé, en 1827, de la surveillance de la construction du canal Rideau. En 1854, par acte du Parlement provincial, Bytown a été élevée au rang de cité, et son nom a été changé en celui qu'elle porte depuis. Le canal la partage en deux parties : la ville haute et la ville basse, et l'Ottawa y pénètre par huit magnifiques écluses en pierre. Un beau pont en pierre de taille, construit par les sapeurs-mineurs royaux, met les deux parties de la ville en communication; mais, par suite de la rapide extension du mouvement commercial et de l'affluence du public, il est devenu insuffisant.

La ville est régulièrement bâtie; ses rues sont larges, bien alignées, et la plupart se coupent à angle droit; on y voit de belles fontaines. A l'extrémité occidentale de la cité est la célèbre chute de la Chaudière, l'une des plus imposantes de l'Amérique et qui paraît ne le céder qu'aux fameuses chutes du Niagara. Un pont suspendu, élevé par le gouvernement provincial et qui a coûté 64,468 dollars, franchit ce gouffre écumant en unissant le Bas-Canada avec le Haut-Canada.

A l'extrémité nord-est de la ville, on voit deux autres chutes, par lesquelles les eaux mugissantes et furieuses de la rivière Rideau, se précipitent dans l'Ottawa et qui ne sont pas moins dignes que les précédentes de l'admiration des étrangers.

Le commerce d'Ottawa consiste principalement en bois sciés ou équarris, provenant des grandes forêts du voisinage; elle est le grand entrepôt des approvisionnements de mâts, de pièces de bordages et de bois de toutes sortes pour la construction des navires : les navires d'Europe ou des Etats-Unis viennent y prendre de nombreux chargements.

Les mines de fer de Hall, distantes de la ville d'environ 10 kilomètres, sont habilement exploitées et promettent une grande source de richesses. Il était facile de prévoir l'accroissement rapide que prend Ottawa par sa position au centre d'une contrée à la fois fertile et industrieuse, ayant à sa disposition, à l'aide de ses chutes d'eau, des forces motrices considérables. Entrepôt d'un immense commerce de bois, elle est destinée à être une des premières places manufacturières du Canada, surtout avec le canal maritime de l'Ottawa à la baie de Géorgie, une des grandes voies de la navigation vers l'ouest. Cette ville est à 296 milles de Québec, à 126 de Montréal, à 95 de Kingston, et à 296 de Toronto.

Hamilton, agréablement située à l'extrémité occidentale de la baie de Burlington, près de l'entrée du lac Ontario, a été fondé en 1813; c'est une place commerçante et industrielle qui complète l'établissement de la communication avec les Etats orientaux de l'Union américaine.

Niagara, petite ville bien bâtie, défendue par le fort Georges, possède un port à l'embouchure et sur la gauche du Niagara. Le fort *Erié* commande le fleuve Niagara à sa sortie du lac de ce nom.

Nous pourrions citer encore un grand nombre de localités remarquables par leur commerce et leur industrie, si les limites de cette notice nous le permettaient.

VII

L'accroissement de population est moins rapide

dans le Haut-Canada que dans le Bas-Canada; et, cela doit être ainsi, lorsque l'on considère que sans cesse des milliers d'Européens traversent l'Océan pour se diriger sur Québec. Dans le Haut-Canada, la plus grande partie de la population est d'origine anglaise; dans le Bas-Canada, au contraire, les neuf dixièmes des habitants sont Français d'origine. On conçoit que la composition de la population des deux contrées doit avoir une grande influence sur leur état moral et politique.

Toute la population française est resserrée, principalement sur la rive septentrionale du grand fleuve, depuis Montréal jusqu'à Québec; l'aspect de cette série de fermes et de champs labourés, pendant un espace de 568 kilomètres, satisfait plutôt l'œil que la pensée. Les cultivateurs canadiens, animés d'un esprit diamétralement opposé à celui des Anglo-Américains, ne quittent pas les endroits qui les ont vus naître. Au lieu d'émigrer pour former de nouveaux établissements, pour défricher les terres voisines dont ils connaissent la fertilité supérieure, les membres d'une famille partagent entre eux les biens-fonds, tant qu'il en reste un seul hectare.

Les premiers colons français paraissent être venus de la Normandie. Contents de peu, attachés à leur religion, à leurs usages, soumis au gouvernement qui respecte leur liberté, ils ont, avec un peu d'indolence, un grand fonds naturel de talents et de courage que l'instruction développe de plus en plus. Ils se livrent avec ardeur aux travaux les plus rudes; ils entreprennent, pour un gain modique, les voyages les plus fatigants. Ils fabriquent eux-mêmes les étoffes de laine et de lin dont ils s'habillent à la campagne; ils tissent ou tricotent leurs bonnets et leurs bas, tressent leurs chapeaux de paille, et tannent les peaux destinées à leur fournir des *mocassins* ou grosses bottes : enfin, leur savon, leurs chandelles et leur sucre, ainsi que leurs charrues et leurs canots, sont le produit de leur propre industrie.

Le visage des Français du Canada est long et mince, leur teint brunâtre et hâlé devient quelquefois, —sans doute par l'effet du mélange avec la race indigène,—aussi foncé que celui des Indiens; leurs yeux, petits et noirs, ont beaucoup de vivacité; le nez avancé tend à la forme aquiline; les lèvres sont épaisses, les joues maigres et les pommettes saillantes. Ils ont conservé dans leurs manières des traces honorables de leur première origine. La gaieté française conserve ici son empire, quoique le climat, en rendant nécessaire l'usage des poêles et des fourrures, donne aux Canadiens l'apparence de Russes. Une franche cordialité rassemble, dans de grands repas, les parents et les amis à certains jours de fêtes, qui se terminent par des danses et des chansons.

Les riches Canadiens suivent avec une scrupuleuse exactitude les modes de France. Les femmes sont remarquables par leurs grâces et leur brillante santé. Par l'éclat de leur teint, la régularité de leurs traits et la beauté de leur taille, elles ressemblent aux Cauchoises; leurs grands yeux noirs tranchent agréablement avec l'incarnat de leurs joues fraîches et vermeilles. Bonnes épouses, mères tendres, ménagères soigneuses, elles font la félicité de leurs familles.

Les arts d'agréments ne sont point négligés dans l'éducation des jeunes personnes de bonne famille; le dessin forme une partie importante de l'instruction qu'elles reçoivent; la musique compte des élèves jusque dans les fermes et les villages. Les salons de Québec et de Montréal retentissent souvent des airs mélodieux des grands compositeurs applaudis à Paris. Enfin, dans la classe inférieure, d'anciennes chansons normandes sont répétées en chœur par une jeunesse joyeuse.

Il nous est agréable de constater que toute cette brave et intéressante population est restée française par les habitudes et surtout par le cœur.

Les habitants du Haut-Canada conservent les mœurs de l'Angleterre et de l'Islande.

Que de souvenirs et que de regrets le Canada ne nous rappelle-t-il pas?... Ce sont les Français qui, les premiers, firent retentir les bords de ces larges fleuves et les échos de ces belles forêts de leurs chants nationaux; ce sont eux qui y introduisirent les premiers germes de civilisation. Rien de plus émouvant que l'histoire, trop ignorée parmi nous des luttes que les Français soutinrent avant de perdre le Canada!

Honneur donc à tous ces vaillants qui, abandonnés à leurs propres ressources, ont combattu jusqu'à la mort pour l'honneur du drapeau français!

FIN.

TABLE

FIN DE LA TABLE.

Limoges. — Imp. Eugène Ardant et Cie

www.ingramcontent.com/pod-product-compliance
Ingram Content Group UK Ltd.
Pitfield, Milton Keynes, MK11 3LW, UK
UKHW031901260826
14628UKWH00002B/920